Linnar & Ituri
「魔術師リナルの嘘」

Chara

魔術師リナルの嘘

渡海奈穂

キャラ文庫

この作品はフィクションです。
実在の人物・団体・事件などにはいっさい関係ありません。

目次

口絵・本文イラスト／八千代ハル

1

「今日も暇そうだな、リナル・ヴィクセル。羨ましいことだ」

開口一番、厳《いか》めしい顔をしたローブ姿の男が言った。

明らかに自分を侮り、見下し、小馬鹿にする調子の眼差《まなざ》しや口調を一切気にせず、リナルは貸し出しテーブルの向こうにいる相手に向けて愛想のいい笑顔を作る。

「ありがとうございます、グラン卿。ご返却ですか？」

相手は顎を突き出すように頷《うなず》くと、埃《ほこり》臭く分厚い魔術書を三冊ばかり、突慳貪《つっけんどん》な仕種《しぐさ》でドスンとテーブルの上に置いた。

「代わりにこの本を」

そう言いながら紙片を差し出す男が身に纏《まと》う黒いローブの縁には、紫と白の縫い取りと宝石の飾りが煌《きら》めいていて、高い地位の魔術師であることを示している。

対してリナルのローブは最下級の象徴、縁に白い糸で幾何学模様を刺繍《ししゅう》しただけの簡素なもの。

上から数えた方が早い地位にいる彼が、最下級のリナルに対して横柄な態度を取るのは不思議なことではないが、特にこの男のリナルに対する当たりは強かった。

きっと自分が伯爵家に生まれた貴族で、彼が平民出ながら長年の努力と苦労の甲斐《かい》あってその地位に就いたことと無関係ではないのだろうなと思いつつ、リナルは魔術書の書名が書かれた紙片を受け取り、男に向けて丁寧にお辞儀した。

「お待ちください、お探ししますね」

「私も図書塔の管理人なんていう仕事に就くことが許されれば、いくらでも魔術の研究に没頭できるというのに」

さっさと言われたものを探してこようとするリナルを引き止めるような口調で、男が嫌味たっぷりに言う。リナルを見る皺《しわ》だらけの顔は不快げに歪《ゆが》んでいるのに、白く濁り始めた瞳にはどことなく羨慕《せんぼ》の色が浮かんでいた。

気持ちはわかるよと、内心リナルは肩を竦《すく》める。

そう、気持ちはわかる。何しろリナルは二十四歳と若く、そのうえとんでもなく容姿がいい。屋内にばかりいるせいで透けるような肌、細く長い四肢は袖と裾の長いローブに覆われてすら均整が取れていることが見て取れ、深い翠緑《すいりょく》の瞳はいつも意味ありげに潤んでいる。長い睫《まつげ》がその瞳に影を落とし、黙って目を伏せれば愁いを帯びたふうに――色を含んだふうに見える。

自分の容姿のよさを自覚しているリナルは、たとえ「あいつは魔力じゃなくて、家柄と金と顔の力で宮廷魔術師に成り上がったんだ」と陰口を叩《たた》かれようとも、せっかくの宝を腐らせる気などまったく起きない。

「あなたほど経験と実力を持った魔術師に、こんな誰にでもできるような作業を割り当てる愚か者はいませんよ」

　相手が欲しがっているであろう答えをリナルが微笑《ほほえ》みながら口にすると、老齢の魔術師はリナルに目を奪われていた自分に気付いて我に返ったのか、どことなく腹立たしげな表情で鼻を鳴らす。

「そうだ、帝国軍の第十七次領土拡大戦略の偉業も佳境で忙しい時に、無駄口を叩いている暇はない。そんな――」

　ちらりと、男がリナルの髪を一瞥《いちべつ》し、口許《くちもと》に再び侮蔑の笑みを浮かべた。

「見窄《みすぼ》らしい髪の魔術師と話していたところで、何の得られるものもないからな」

　魔術師の髪は生まれつき青く、その青が濃く鮮やかなほど力が強いと言われていて、男も青玉のような髪を腰まで伸ばしていた。

　なのにローブのフードに落ちかかるリナルの髪は、ぎりぎり「青……のような……？」と首を捻《ひね》りたくなるような、申し訳程度に褪《あ》せた青色が混ざっているばかりの、ほぼ銀髪。しかも魔力を溜《た》めるために普通伸ばせるだけ伸ばすことも魔術師の常識であるのに、後ろ髪を括《くく》るのがやっとという程度の長さだ。

「ごもっともです。急ぎましょう」

　リナルが微笑んで頷くと、男が肩透かしを喰《く》ったような顔で黙り込んだ。

力の弱い魔術師は髪色について触れられることをひどく嫌がるが、リナルは自分の蒼銀《そうぎん》色の髪を気に入っている。そんな馬鹿みたいに主張の強い青髪なんかじゃなくてよかったよと内心思いつつ、今度こそ男の注文した本を取りに向かった。

壁際の書架は、ところどころに据えられた短い梯子《はしご》を使い目的の本のある場所まで移動していく造りだ。男が望む本は、四階の西側部分に当たる場所に並んでいる。最上部には図書塔外に持ち出し禁止の魔法がかかった重要な本。四階には各魔術系統ごとの論文、研究書、実践・手引き書。三階は戦争で魔法が使われた時の記録や名だたる魔術師たちの手記、その他分類不能のもの。ちなみに二階は貸し出し手続きをしたり、持ち出し禁止の書物を読んだりするための待ち合いで、男はそこから偉そうに腕組みでリナルが梯子を登る様子を見上げていた。

「こちらですね」

すぐに目的の魔術書をみつけ、リナルがその背表紙に指を伸ばそうとするが、触れる前にスッと本が棚から抜き出された。――ものを引き寄せる魔術だ。ちらりと階下を見下ろすと、男がにやにやと笑いながら、これ見よがしに片手で本を摑《つか》んでいる。

「悪いな、まさか魔術師がわざわざ自分の手足で梯子を登るなんて思わず、無駄な労力を使わせてしまった」

「いえいえ」

それならば、とリナルは男に笑みを向けたあと、無造作に梯子を摑んでいた手を離し、足を滑らせたふりでそのまま背中から宙に身を投げ出した。

「な……ッ」

ぎょっとしたような男の声。リナルの体は重力に従って真っ逆さまに落下していく。なるべく多くの本を収めるために四階から二階の床までは相当な高さがある。体を打ちつければ無事でいられるはずもなく、最悪即死だ。

が、リナルが床に叩きつけられることはなかった。その直前、男が早口に呪文を叫んで生み出した網に引っかけられ、体が静止したのだ。

リナルはゆっくりと床に下り立ってから、焦りと恐怖で顔を青くしたり赤くしたりしている男に向けて、慇懃《いんぎん》に一礼した。

「おかげさまで下りる労力は省かれました。さすがグラン卿、その辺の魔術師とは咄嗟《とっさ》の判断力も詠唱の精度も比べものにならない。目の前で素晴らしい魔術のお手本をご披露いただき、感服の至りでございます。すごいなあ！」

リナルの振る舞いを怒鳴りつけようと身構えていたらしい男は、手放しの賛辞に、それなりに気をよくしたようだった。

「ふ……ふん、舌のよく回る男だ。向いていない魔術師などさっさと辞めて、役者にでもなったらどうだ？」

「そうですね、私の取り柄といえば顔くらいなので……」

掌《てのひら》で頬を撫《な》でながら言うリナルに、男が再び見下したような顔になる。

「まあこの図書塔の管理人に滑り込めただけ、その容色と家柄に感謝するんだな。ではさっさと貸し出し票を寄越せ、こちらは軍議に駆り出される合間を縫って日々神意に触れるための研《けん》鑽《さん》に忙しいのだ」

リナルが恭《うやうや》しく差し出した貸し出し票に、男が指の一振りで自分の名を示す刻印を魔術で刻み、リナルはそれを管理人以外が決して開けることのできない魔術のかかった箱へと丁重に収めた。

「くれぐれも、私の研究について他言するなよ」

念押しして、男が図書塔を去っていく。

口ではご大層なことを言いつつ、男が求めたのは戦場で役立つ魔術について書かれた本だった。

真摯に魔術や神学を突き詰めようとする研究者もいるにはいるが、魔術師の中では異端でしかない。

この国で魔術師が出世するためには、とにかく軍属となり戦場で役立つのが一番だ。回復は三流、防禦《ぼうぎょ》が二流、攻撃が一流。

いや、ここ数年の流行だと、敵を直接殺す魔術は一流より少し劣るかもしれない。この先最も重用されるようになるのは、あの忌むべき魔術――。

「……あれについて書いてある本は、こんなところに置いてないいんだよなあ」

椅子に座って頬杖《ほおづえ》をつき、男の返却した魔術書の題名を指でなぞりながら、リナルは呟《つぶや》く。

先刻の魔術師は勉強熱心で、この図書塔にあるあらゆる魔術書を網羅しようとしているようだったが、彼が本当に求めているであろう魔術の研究を纏めた本は、上級貴族でなければ入れない王宮の深い場所で厳重に管理されているのだ。

「気の毒に。こんな本をいくら読んだところで、魔術の真意だの神意だのにだって触れられやしないのにさ」

言葉どおり気の毒そうに呟きながら、魔術書をめくる。黴臭《かびくさ》い本は書かれた内容も古臭い。肩を竦め、リナルは片手に本を載せると、軽く宙に浮かせた。本は本来あるべき場所へと自動的に戻される。リナル以外の人間が仕掛けた魔術で。

「本当、楽させてもらって悪いよ」

リナルは懐から真新しい本を取り出した。ゆうべから続きを読むのを楽しみにしていた、最近街で流行《はや》りの恋愛小説。もちろんこの図書塔には置いていないものなので、街の書店で購入した私物だ。

リナルは先刻の男のように、戦場や政治の場で手柄を立てる気など欠片《かけら》もない。

かといって、魔術の真髄や神の意志を知るために地道な研究を重ねるつもりもない。

望みと言えば、ただ日々を平和に、平穏に、できればそれなりに楽しく過ごしたいという、ささやかなものだ。

幸い出世の道は閉ざされている。リナルの魔術学校の成績は凡庸でしかなかった。得点源は座学のみでそれも中の下、辛うじて応用学——要するに自分自身の魔力が低くても既存の魔道具を使うことによって他の魔術師と同程度の魔術が使える——がそこそこ際立っていたおかげで落第はせず無事卒業を迎え、『家柄のおかげ』で宮廷魔術師の立場は手に入れたものの要職にはつけずに、この図書塔の管理者となったのだ。

学ばず、欲しがらない魔術師は他の仲間たちからあからさまに蔑《さげす》まれる。図書塔の管理人という立場を使って魔術書を読み耽《ふけ》るわけでなし、日がな一日ごろごろと大衆娯楽小説を楽しんでいるリナルなど、三流どころか、四流、五流の扱いだ。

その扱いをてんで気にしない。そんなことよりも波風の立たない人生を愛している。

リナル・ヴィクセルというのは、そういう男だった。

◇◇◇

その日の仕事を終えて図書塔を出ると、リナルはいつもどおり目立たない場所に待たせておいた自分の馬車に乗り込んだ。

リナルが暮らすのは、貴族の城館が建ち並ぶ城下町の外れも外れにある小館だ。

宮廷魔術師のうち、公邸を与えられた重職を除けばほとんどは王宮の敷地内にある共同棟で寝起きしていたが、リナルは集団生活など真っ平御免だから、家の立場と財力に物を言わせて城下町で自分用の館を手に入れた。そのことについて嫌味を言う魔術師も多かったから、なるべく人目につかないよう館と図書塔を行き来するようにしている。

ヴィクセル伯爵家は帝国歴三百年の中で幾度も名だたる騎士を輩出してきた名家で、現役の騎士である父、それに二人の兄たちも勇名を馳《は》せている。ついでに言えば、妹は格上の公爵家に輿《こし》入れが決まりそうな雰囲気だ。まったくもって我が家は安泰だった。

その容色と家柄に感謝するんだなと昼間言われた言葉を思い出して、リナルは馬車に揺られつつ笑う。実にその通りだ。別に宮廷魔術師になんてなりたくもなかったが、エリート揃《ぞろ》いの家族にリナルの思いはまるで伝わらなかった。どこか辺境の地でささやかに治療者の助手として暮らすとか、岩や木を運んだり、水を綺麗《きれい》にしたり、そういう生活に根づいた平凡な役職に就ければそれでよかったのに、父親と兄たちの根回しの結果、今の立場に収まってしまった。

「ま、図書塔の管理人も気に入ってるから、いいけどさ」

一人で嘯《うそぶ》いてみるが、いちいち他の魔術師に絡まれるのは面倒だった。聞こえよがしな皮肉を言いに来るのは今日の魔術師だけではない。誰も彼も、リナルが自分を出し抜いて出世するのではと常に疑っているから、牽制《けんせい》せずにはいられないのだ。

（疲れたなー……）

何だかまっすぐ帰る気がしなくて、リナルは馭者《ぎょしゃ》に行き先を変えるよう告げた。馬車の中でローブを脱ぎ捨て、擦り切れた鳥打ち帽を被《かぶ》り、野暮ったい鼈甲縁《べっこうぶち》の眼鏡をかける。

城門を過ぎる頃には、一応魔術師に見えなくもなかった美形の青年から、どこにでもいそうな文無し市民のできあがりだ。

適当なところで馬車を降り、客引きの商売女たちをいなしながら歩いて、馴染《なじ》みの賭け酒場にぶらりと入る。

「よう兄ちゃん、今日もやってくか？」

テーブル席で笑い声を立てていた赤ら顔の中年男が、リナルの姿をみつけ、カードを掲げながら訊《たず》ねてくる。リナルは笑って首を振った。

「いいや、今日は一文無しなんだ」

「今日も、だろぉ？」

男たちの陽気な笑い声を背に、リナルはカウンター席に腰を下ろし、安酒を注文する。愛想のない店主が、すぐに黙って酒とつまみを出してくれた。

たまにこうして市井の奴《やつ》らと酒を飲んだり馬鹿話をしたり賭け事に興じるのが、娯楽本を読む以外のリナルの息抜きだった。

冴《さ》えない市民の姿に身をやつし、貴族であることも魔術師であることも明かさず、猥雑《わいざつ》な賭け酒場に入り浸るのが楽しい。酒には弱いし賭けも弱いしで、しょっちゅう身ぐるみを剝がされているが。先週も靴と下着だけ残して全部巻き上げられ、家令に渋い顔をされてしまったので、今日は自重だ。

魔術師仲間よりも、貴族たちよりも、庶民とつき合う時間の方が長いかもしれない。リナルは魔術師社会だけではなく社交界にも向いていない。夜会の楽団の曲に合わせたダンスは結構好きだったが、子供の頃は仲のよかった他家のご子息たちは落ちこぼれ魔術師などもう歯牙にもかけてくれなかったし、伯爵家の名とリナルの容姿目当てで近づいてくるのは妙齢の娘を持つ父親か娘自身で、どちらと話していてもあまり楽しくなかった。だから今晩も、気晴らし目当てに飛び込みでどこかの夜会に足を運ぶ気分になどなれない。

「アルヴィドなんて国、聞いたこともないよなあ」

隣で、やはり酔っ払って顔を赤くした男が声を上げた。リナルの反対隣の男と話をしているようだった。

リナルはひとりで酒を傾けながら、聞くともなしに男たちの話を聞く。

「オレも聞いたことなかったけどさ、ほらウチの娘婿の兄貴ってのが帝国軍のいいとこにいるだろ、戦勝祝いの席で聞いた話じゃ、蕃族《ばんぞく》みたいな奴らが住むひでぇ土地だったたっていうぜ」

図書塔に来た魔術師が口にした、『第十七次領土拡大戦略』とかいうやつの一環だ。アルヴィドは、今回の作戦で帝国軍が攻め入ったという辺境国のうちのひとつだった。

（よくそんな話を肴《さかな》に酒が飲めるもんだ）

リナルの生まれ育ったこのザルツハイムは、三百年の長きに亙《わた》って他国への侵略を続け、肥大し続けている軍事帝国だ。地続きの国のほとんどを呑《の》み込み、それでも飽き足らず、海を越えてなお領土を拡《ひろ》げようとしている。今帝国で暮らす者たちは、リナルも含め、どこかで戦争をしていない自国を知らない。

「ならよかったな、オレら帝国の植民地になれれば、よっぽど人間らしい生活ができるだろうしさ」

「違いねえ」

皮肉でも蔑みでもなく、「いいことをした」とばかりに頷き合う男たちのやり取りは、肴にするには苦すぎた。アルヴィドは小国ながら抵抗が激しく、帝国に下ることがなかったために王族が根絶やしにされ滅ぼされたという噂《うわさ》は、リナルの耳にも入っている。

「よそじゃ魔術の恩恵がない国もあるって話だろ。考えられねえぜ」

「最初から諸手《もろて》挙げて降参しときゃ、生かしてやるくらいの優しさはあるってのにな。なんで魔術部隊もなしに勝てると思うんだか」

「そりゃあおまえ、魔術を知らないからだろ」

帝国が興国以来ほぼ負け知らずなのは、強大な軍事力を持つからだ。この国では強い騎士を生む家系ほど権力がある。ヴィクセル家もそれで帝国軍の中ばかりでなく、政治的にも立場が強かった。

そして同じくらい、戦争に役立つ魔術師を生む家系ほど、地位や金や名誉を手にすることができる仕組みだった。

強い軍隊を持つ国は他にいくらでもあるが、帝国くらい魔法を戦争に取り入れている国はないだろう。

「やっぱり今の陛下になってから気持ちいいくらい勝ち戦ばっかりで景気もいいし、ありがてえよなあ」

「ああ、国民想《おも》いのいい方だよ。大きな声じゃ言えねえが、前の皇帝は戦を避けて友好国ばっかり作ろうとする腑抜《ふぬ》けだったもんな。でも今の皇太子殿下も好戦派だし、弟殿下も切れ者っていうし、帝国の未来も明るいわ」

「よーし、皇帝陛下と帝国の勝利に乾杯！」

「かんぱーい！」

麦酒入りのジョッキを掲げる男たちを横目に、空になったグラスを置いて、リナルは腰掛けていた椅子から立ち上がった。

「お？　兄ちゃん、もう帰るのかい？　早すぎんだろ」

赤ら顔の隣の男がご機嫌で訊ねてくるが、リナルはただ笑って手を挙げると、店を出た。

外の空気を大きく吸う間もなく、人を殴り、蹴りつける鈍い音が耳に飛び込んでくる。

「ったく、いつになったら言葉覚えんだよ、何回間違えたら気がすむんだ！」

道の片隅で、大柄な男の背を、別の男が手加減なく蹴りつけていた。

「あのバカ店主が、安いからってこんな使えねえ奴僕なんて買うんじゃねえよ、クソッ。おい、いいか、こっちの樽《たる》が店に出す方、こっちは処分する方だよ！　わかったか⁉」

どこかの店の雇われ者と、おそらく帝国軍が遠征先の敗戦国から連れ帰ってきた捕虜だ。

政治的に利用できる身分の者は例外として、帝国軍に逆らった者は兵士も一般人も問わずその場で殺され、投降すれば命は助かる。その代わり、植民地となったその土地で帝国軍のいいように働かされるか、あるいは帝国領内で労働力やその他の目的で安く売られる運命だった。

ヴィクセル伯爵家でも、決して暴力を振るったり非人道的な扱いはしていない――そう思いたかった――はずだが、館や領地の下働きの従僕のうち、そういう出自の者も多い。

(戦勝気分が蔓延《はびこ》ってる間は、町《ここ》にも足を向けるべきじゃないな)

騒がしい夜道を歩きつつ、リナルは大きく息を吐いた。

十年ほど前、歴史的には珍しく穏健派だった先代の皇帝が病で亡くなり、その息子が皇位に就いて以来、戦いの頻度が増している。まるで世界のすべてを帝国色に染め上げようとしているかのように。

リナルも貴族であり、騎士の家系でもあり、自らが魔術師であるからには、きっと何をおいてもその御旗の下につかなければならないのだろうけれど。

(それができたら、よっぽど生きやすかっただろうな)

率先して戦場に出たがる勇猛果敢な父や兄たちとは生き方が合わず、魔術師の中では軽んじられ、自国の強さに酔《よ》い痴《し》れる酒場の男たちと肩を並べることもできず、かといって貴族の夜会で何もかも忘れて放蕩《ほうとう》することすら叶《かな》わない。

どこにいても馴染めないのは、身の置き所がないように感じるのは、今に始まったことでもなかった。

少年の頃からずっと孤独だった。物心つく前に亡くなった母が生きていたとしても、それは変わらなかっただろう。母は強力な攻撃魔術を使う優秀な魔術騎士で、父とは侵略戦争の半ばで恋に堕《お》ちたというのだから。

（戦いが嫌いだなんて口にすれば、この国で生き辛《づら》くなるどころか、居場所がなくなる）

戦場に駆り出されるくらいなら無能者として蔑まれていた方がよほどましだ。

だから独りであることを自ら選んでもいるはずなのに、それでも時々無性に虚《むな》しく、寂しくなることもある。

たとえばこの夜のように。

「河岸を変えてもう一杯、って気分でもないしなあ……」

長居するつもりで自分の馬車は返してしまったし、揺れのひどい辻《つじ》馬車を摑まえる気も起きない。

仕方なく月も見えない曇天の夜道をとぼとぼと歩きながら、リナルはたった一人でいいから、一度だけでもいいから、心からの話ができる相手が、本音を打ち明けられる友人ができればいいのになどと願ってしまった。

それが決して叶わない望みであることは、もうとっくに知っているはずなのに。

2

酒場であんな話を聞いたからだろうか。あまり関心を持たないようにしているのに、王宮の中でも浮かれた空気を感じて、その翌日、翌々日も、リナルは何だか気分が落ち着かなかった。本を借りる気もないようなのにわざわざ図書塔に立ち寄り、リナルに向けて手柄話を披露しては去って行く魔術師が、二人ずつ二日も続いたせいばかりではない気がする。

（どうも、妙なざわつきだな）

誰もが帝国の勝利に浮き立つ中、どことなく、ヒリつく空気を感じる。

朝、馬車で王宮に入ってすぐにそれに気付き、馬車を降りて図書塔に辿《たど》り着くまでの間、誰とすれ違うわけでもないのにその感触がさらに強くなる。

二日ともそうだったから、気のせいではない。

これは厄介ごとの臭いを感じた時の予覚だ。残念だが子供の頃から外れたことは一度もない。

（何が起きてるのかは知りたくもないし、絶対関わらないようにしないと）

リナルは目一杯に警戒していた。館と図書塔の往復だけで、なるべく人とも顔を合わせず、気配を消して、得体の知れないざわつきをやり過ごさなければならない。

そう思っていたのに。

「おい、そこの魔術師！」

悲鳴染みた男の呼び声が、あきらかにリナルに向けられたのは、さらに翌日の朝に図書塔に向かう途中でだ。

「手を貸してくれ、早く！」

なるべく人の通らない、裏道と呼べるような細い石畳の道を歩いていたはずだったのに、向こうには四、五人の兵士の姿がある。

宮廷内の警護を任されている近衛《このえ》隊の制服ではない。そもそも騎士ですらなく、自分たちの寄宿舎や訓練所以外で宮廷内をウロつくことは憚《はばか》られるはずの一般兵卒だ。

「こいつっ、何でまだ動けるんだ！」

「脚を切れ、腱《けん》を狙うんだ、両脚だ！」

リナルに声をかけてきた兵士が、声のする方へと身を翻す。走り出しながらリナルを振り返った。

「来てくれ、あの化物を止めないと！」

化物と聞いて、リナルは眉を顰《ひそ》めた。

兵力でも魔力でも頑強な防壁を幾重にも重ねたこの王宮内に、まさか野生の魔獣が入り込んだというのか。

（城壁の防衛魔術を担う奴らが、蟻《あり》一匹入れないって豪語してるくせに？）

そもそも魔獣は人里離れた山奥とか瘴気《しょうき》の蟠《わだかま》る沼地などに住むもので、こんな人だらけの場所に現れていいはずがない。

（それとも、まさか――）

「あの化物を止めてくれ、魔術師ならできるだろう⁉」

懇願するような兵士の叫び声で、リナルは自分の予感が当たっていることを確信した。

（こいつら、空挺兵《くうていへい》か）

彼らが身につけているのは、馬ではなく、空を飛ぶ魔獣を駆って敵地に降り立つ兵士の制服だ。

野に居る魔獣を捕獲し、強制的に人間に従わせ、兵器として使う。その魔術の研究が、今もっともこの国で成功する近道だった。

倫理的な問題と魔術師や騎士の安全を守るため、先代までの王が決して許さずにいた禁忌魔術だったはずが、今の王になった直後から研究が始まり、本格的な実戦投入が始まったのが三年前、ちょうどリナルが最低の成績で魔術学校を卒業した頃。

それから今日まで、強大な体と魔力を持つ魔獣を従わせるために、どれほどの人々が命を落としてきたか。

今もきっと魔獣を取り逃がし、手に負えず、こんな無様な状態に陥っているのだ。

研究についてリナルが知ったのは宮廷魔術師になってからで、軍と関わりのない王宮外の魔術師の中には知らない者も多いだろう。街の酒場にいた男たちのような一般の国民など、今の王が純粋に戦に強いから帝国が勝ち続けていると信じている。

(俺だってそんなものに、絶対関わり合いになりたくないのに)

しかしこの状況で逃げ出すわけにもいかず——宮廷魔術師には、軍属ではなくても、たとえ図書塔勤務の下っ端であっても、有事の際は軍の指示に従い、あるいは自主的に帝国人を助けるための行動を取らなくてはならない制約がある——リナルは嫌々ながらに兵士の後についてその場を駆け出した。

辿り着いた先には十人近くの兵たちがいた。何かを取り囲み、しきりに怒声や悲鳴を上げながら、剣と槍《やり》を振り回している。

低い唸《うな》り声が響いていた。おそらく魔獣を追い詰めているのだろう。実戦経験があると思《おぼ》しき手練《てだ》れの兵士が十人がかりで苦戦しているのなら、魔獣は相当強い力を持っているに違いない。

(仕方ない、簡単な防御壁でも張ってるふりを……)

リナルは形ばかり魔獣の討伐に参加する様子を見せようとしたが、その必要はなかったらしい。

苦痛に満ちた一声の後、魔獣の呻《うめ》き声が途絶えた。

「よしっ、気を失ったか!」

どうやら魔獣の動きを封じ込めることに成功したらしい。とどめを刺さないのは、刺すほどの力が騎士たちにないのか、あるいは大事な実験動物をむざむざ殺さないよう命令でも出ているのか。

きっと後者だろうなと思いつつ、リナルはこれでもう自分のような下っ端魔術師には用がないはずだと、そっとその場を離れた。

（嫌なものを見た）

人間に従わせるため、魔獣は拷問に等しい調教を受ける。手脚をもぎ取られ、魔術で継ぎ合わされる苦痛を繰り返され、言うことを聞かされるのだ。より強い魔獣になるよう、手脚や翼を別々の魔獣に繋《つな》ぐ実験もされていると聞く。

本来使えない魔術を使えるようにするため、人為的に作った魔石を埋め込んだり、毒を塗り込めた爪や牙を装着したり、魔術師たちは競って『使える』魔獣を生み出すことに余念がない。

そんなことをされた魔獣が長生きするはずもなかった。ほとんどが戦場で使い捨てられるのだ。強い魔獣ほど高い知能を持っている。怒りと苦痛で正気を失った魔獣は、解き放たれた戦場で狂戦士のように暴れ回り、敵を殺し尽くす。

想像だけで、リナルは泥を飲んだような、ひどく嫌な気分にさせられた。

◇◇◇

決して上向きとは言えない気分を引《ひ》き摺《ず》って図書塔に辿り着いたが、このうえまた戦場でどんな魔術を使って敵を殺しただの、大量に殺すための魔道具を開発しただのの自慢話をする手合いに押しかけられたらと思うとうんざりした。

いっそ仮病を使い帰ってしまおうと決めたが、少し、遅かったらしい。

「リナル・ヴィクセル殿ですね」

図書塔を出て勝手に入口に『本日管理者不在』の貼り紙をしていた時、覚えのある制服を着た兵士に声をかけられたのだ。

先刻、魔獣を囲んでいた兵のうちの一人だろうか。例の嫌な予感がとんでもなく膨らむのを感じた。

「私についてきていただけますか」

リナルはうんざりと息を吐く代わりに、せいぜい愛想の良い笑顔を浮かべてみせた。

「すみませんが、仕事中なんです」

貼り紙を前にして堂々と答えたリナルに、相手も動じなかった。

「問題ありません。あちらに馬車を用意してありますので、どうぞ」

リナルよりも年若そうな兵士は、言葉は一応丁重だが、有無を言わせぬ雰囲気で言うと、返事も待たずに歩き出した。

逆らっていいことはなさそうだと悟り、リナルは従順に彼の後について、近くに停《と》まっていた馬車に乗り込んだ。兵士は同乗しないらしく、その場に直立している。一般兵卒なら確実に平民出身で、リナルとは身分が違いすぎる。同じ馬車に乗るわけにはいかないのだろう。

リナルが小窓から彼に何を訊ねる間もなく馬車が動き出した。魔術師たちの領域を外れ、王城への道からも逸《そ》れていく。騎士たちの修練場や馬場も越え広大な狩り場も抜けて、鬱蒼《うっそう》と茂る森の先にある堅牢《けんろう》な石門の前でようやく馬車が停まった。

（……予想と違ったな）

てっきり、魔獣の研究所にでも連れていかれるのかと思っていた。空挺兵たちが取り囲んでいた魔獣の姿をリナルは直接見てはいないが、彼らには見られたと判断され、口封じのために脅されるのだろうなと。

魔術師同士で功を競い合うように、軍の内部でも当然ながら派閥がある。空挺部隊は帝国の中では歴史は浅いが、次々と武勲を立てていて、他の部隊は魔獣を操る術を我が物にしようと、虎視眈々《こしたんたん》狙っているのだ。

だがここは、研究所があるとされている場所からは離れている。

（なぜこんな場所に俺を連れてくるんだ？）

リナルが運ばれてきたのは、捕虜を収容する区域だった。

（というか、なぜ空挺兵が出入りしてるんだ。牢番は別の部隊の役割だろ）

駆者と門番との短いやり取りのあと、馬車が再び走り出し、しばらくしてまた停まった。駆者に促され、気が進まないながら仕方なく馬車を降りると、また音もなく別の空挺兵が近づいて来た。リナルよりは年上だろうが、まだ若い男だ。

「こちらへ」

魔獣のおかげで立て続けに戦果を挙げ、増長していると陰口を叩かれるような彼らが、木っ端魔術師に対してこうも丁寧に接するのもリナルには不可解だった。貴族相手で露骨に横柄な態度は取れないにしても、慇懃無礼な振る舞いになりそうなものなのに、必要以上に敬われ——畏れられている気がする。

(父さんや兄さんたちの威光ってわけでもないよな、あの人たち、魔獣を扱う部隊に真っ向から反対している側の人間だし)

訝《いぶか》りながらも、おとなしく兵士に従い進む。

無機質に並ぶいくつかの棟を越えた先にあるのは、さほど大きくはない石造りの建物だった。角灯《ランタン》を手にした騎士に続いてその建物の中に入ると、中は薄暗く、妙に饐《す》えた臭いが鼻腔《びこう》を強く刺激し、リナルは反射的に嘔吐《えず》きそうになる。臭いは扉を開けてすぐ見える簡素な造りの小部屋の中ではなく、その奥から漂ってきているようだった。

「虜囚は両手足を拘束の上で檻《おり》の向こうにいますから、ご心配なく」

兵士も鼻で息をしないようにしている声音で、リナルに背を向けたまま告げてくる。

「虜囚？　……とは、誰ですか？」

「アルヴィドで捕らえた男です。騎士……いや、戦士というんでしょうかね」

奥へと続く鉄の扉を押し開きながら答える兵士の声音は、どこか吐き捨てるような響きがあった。

「アルヴィド……」

酒場でも聞いた名だ。帝国軍によって滅ぼされたという辺境の国。

「国と呼ぶのも憚られるような規模の蕃族の群れでしたよ。まるで獣のようだ。あいつのおかげで我々がどれだけ苦労したか」

扉が開かれると、外よりも数段冷えた空気をまとう薄暗く湿った廊下に続いていた。

緩やかに下るその廊下を進むにつれ、饐えた臭いが強くなった。

そして、進む先から、獣のような呻き声が低く響いている。

（魔獣……？）

憎しみと怒りと苦痛の籠もった低い声。

リナルはその声に、聞き覚えがある気がした。

「言葉は通じません。正気かどうかもわかりませんが、気が触れているのか、元から理性なんてないのか」

兵士の声は、呻き声が近づくごとに冷ややかな怒りを滲《にじ》ませていく。

「我々の部隊の半分と魔獣のほとんどが、あの男によって殺されました」

「――」

廊下の突き当たりに、硬い鉄格子の嵌《は》められた、部屋とも言えない空間があった。

広さはある。だが家具らしき家具はひとつもなく、灯《あか》りもなく、兵士の手にした角灯だけでは奥まで見渡せない。

再び、低い呻き声がした。

それから、饐えた臭いに混じって、生々しい血の臭いがリナルの鼻を突く。

「怪我《けが》をしているのでは」

「逃げ出せないように、両脚の腱を切ってありますから」

何でもないふうに、兵士が言う。

リナルは耳を疑った。

「虜囚にしても待遇が悪すぎる」

「当然の処置ですよ。そうでもしなけりゃ、また鎖を引き千切って逃げ出しやがるんだ」

憎々しげに吐き捨てられた兵士の言葉で、リナルは気づきたくもないのに気づいてしまった。

（さっきの魔獣――）

あれは、魔獣などではなかったのではないか。

ここにいる、窓ひとつない地下牢で残酷に囚《とら》われた男が、兵士や魔術師によってたかって痛めつけられる様子だったのではないのか。

「……治療が必要であれば、私ではなく医療魔術に精通した治療者を呼ぶべきだと思いますよ」

囚われの者がいる暗闇に目を凝らす気力も湧かず、鉄格子の向こうから顔を逸らしながらリナルが言うと、兵士が鼻先で嗤《わら》うような音を出した。

「だから逃げないようにするのが一番だって話をしているんですよ、こっちは。あんた、魔術師でしょう、どうにかしてあいつを大人しくさせてくださいよ」

「あなたの隊の魔術師は？」

「半分以上あの化物にやられちまって、ウチの隊は解散させられたんですよ。魔獣も全部駄目になったもんでしてね」

投《な》げ遣《や》りな口調と態度になって、相手が言う。おそらく騎士に任じられる可能性もない血筋、あまり裕福ではない平民の生まれで、金を稼ぐためだけに戦場に身を投じることを選んだ口なのだろう。

「使える魔術師とそこそこ腕の立つ剣士は別の部隊に再編成されて、オレら一番命の安い兵卒はこんなところで牢番に格下げですよ。オレはとにかくあんたをここに連れてきて、この化物と顔合わせくらいはさせとけって言われただけなんでね。あとはあんたに命令した人から話を聞いてください」

それだけ言うと、兵士はさっさと踵《きびす》を返し、足早に――まるで逃げ出す素振りで、去っていった。一人取り残されたリナルは呆気《あっけ》に取られてしまう。

「何なんだよ、一体……」

鉄格子の向こうからは、断続的に聞こえていた呻き声が聞こえなくなっていた。眠ったのか、苦痛のせいで意識が遠のいたのか。

何にせよ、必要なのはやはり高度な医療魔術が使える治療者だ。自分の手に負えるとも思えず、リナルは自分も来た道を引き返し、入口の小部屋に戻った。

「悪いけど非人道的な措置に手を貸したくないし、私の手に負えるとも思えない、必要ならもっと別の魔術師を当たって――」

人の気配があったので、てっきり、先刻の兵士だろうと思っていたのだが。

小部屋の壁を背に寄りかかり、マントの下で腕組みをして待ち構えていた人物を見て、リナルは咄嗟に顔を伏せた。そのまま急いで床に片膝を突く。

光り輝くような金色の髪と榛色《はしばみ》の瞳を持つのは、初代皇帝からの血を継ぐ証《あかし》。

「ご無礼いたしました。殿下がかような場所にいらっしゃるとは思わず……」

「人目を忍んで来たからな。おまえが詫《わ》びる必要も跪《ひざまず》く必要もない、顔を上げなさい」

まったく気は進まなかったが、この男の言葉に反することなどできず、リナルは嫌々ながらに顔を上げたが、視線は床に向けたままでいる。

（くそっ、この御方絡みか）

捕虜に対する扱いが空挺部隊の独断であれば、軍の上に訴える必要があるかもしれないと思っていたが。

この男が——帝国の第二皇子であるサグーダ・ザルツハイムがこの場にいるということは、誰に訴えようが無駄だということだ。

歴代皇帝の血を引き、長身でしっかりとした体つきをしてはいるが、自ら前線に出るタイプではない。皇太子である兄ディバルの補佐を務め、その兄からも父である皇帝ドレヴァスからも信頼の厚い知恵者。

ここに自分を呼んだのがサグーダだとすれば、兵士が妙に恭しい態度を取ろうとしていた理由はわかる。

ただ、なぜ呼ばれたのかはリナルにもわからなかった。

供も連れずに一人でいることもまた、リナルに怪訝《けげん》より警戒の念を抱かせる。

「相変わらず美しいな」

サグーダが腰に提げていたサーベルを鞘《さや》ごと手に取ると、頑《かたく》なに目を伏せるリナルの顎に鞘尻を当てて顔を上げさせた。

リナルはその仕種に嫌悪感を覚えながらも、ただ愛想のいい笑みを浮かべてみせる。

「恐れ入ります。これくらいしか取り柄がありませんもので」

「くだらぬ謙遜を」

サーベルを腰のベルトに戻しながら、サグーダが口端を曲げるような笑い方をする。

自分より五つほど年長のこの男が、リナルは昔から苦手だった。

微笑んでいるように見えるのに酷薄そうな顔立ちと、他人を見透かすような眼差しが特に。

「地下の虜囚の話は聞いたな？」

「聞いたと申しますか……亡国の捕虜だということだけ」

「蕃族の狂戦士だ。殺すこともできず、生け捕りにしてようやくここに運び込んだらしい」

「……生け捕りの方が困難なのでは？」

「いやに頑丈で、傷をつけても飛びかかってくるし、何より魔術がろくに効かん。そもそも耐性を持っている上に、魔術を知らぬほどの野蛮人らしいな」

たしかに兵士もそう言っていた。生まれ持った個人の体質によって、魔術が効く効かないには差がある。特に精神に訴える魔術は、そもそも『魔術』というものが存在することを知らない相手には、うまく作用しない。あの姿も見えなかった囚われの男は、その両方の条件が揃っていたのだろう。

帝国ほど魔術を使いこなしている国が近隣にないからこそ、他国を蹂躙《じゅうりん》し続けられるのだ。

「兵士も魔術師も手に負いかねて、匙《さじ》を投げてしまった。代わりにリナル、おまえがあれの世話をするように」

「えっ」

思わず、リナルは声を上げてしまった。

「恐れながら……なぜ私に？」

王族に異論を唱えるなどとても賢いことではないとわかっていても、かしこまりましたとあっさり頷くには、腑に落ちないことだらけだ。

「軍の魔術師の手に負えないのなら、私などに何ができるか……」

「魔術師の中でおまえが一番暇だからだよ」

口許だけで微笑んで、サグーダが言う。

「宮廷魔術師の立場を失いたくないなら、たまには役に立ってみせろ」

――血気盛んな父や兄に比べて温厚と評される第二皇子。帝国の栄華は好戦派の皇帝ドレヴァスによるものだと思っている国民からは、「穏やか過ぎて、ちょっと物足りないんだよな」などと肩を竦められるこの男は、実質帝国の『領土拡大』を統括している。ドレヴァスが「次はあの国が欲しい」と言えば、そのための作戦を考えるのがサグーダだった。そしてその作戦を実行させるのが皇太子ディバル。戦勝の栄誉を担うのは実際戦場に出る皇太子ばかりだったが、それがサグーダの存在なくしては成り立たないことを、宮廷にいる大半の者が知っている。

「必要なものがあれば私の名で何でも要求して構わないが、その他の者の手は借りぬように。ここで知り得たことの他言も無用だ」

どうやらサグーダは、虜囚の存在を外部に漏らしたくないらしい。

なるほどそれでかと、リナルはようやく少し納得がいった。空挺兵たちは、リナルが虜囚の姿を見たとサグーダに報告したのだろう。実際は視界に入っていなかったが、今さらそれを伝えたところでどうにもならないのは明らかだった。

(厄介事を押しつけられた、ってことか)

詳しい事情はわからないが、あの虜囚をサグーダはどんな形であれ生かしておきたいのだということは察せられた。

そしてその存在を外に漏らしては、何か都合が悪いのだろうということも。

(だったら、詳しい事情なんて聞きたくない)

皇子の命令なら、伯爵家の三男如《ごと》きが拒みようもない。従うほかないのであれば、せめて余計なことに首を突っ込まないよう、言われたことを言われるままにやるしかないのだ。

とにかく波風を立てたくなかった。虜囚の世話をしろというのならしてやる。

「あれが外に出て暴れないようになれば、やり方は問わない。おまえにすら手に負えぬ時はこちらで処分する」

処分、とサグーダが容易《たやす》く口にした言葉の酷薄さに、リナルはうそ寒さを覚えた。

(どうしても生かしておきたいってわけでもないのか？)

だがそれも深く訊ねたいことではなかったので、再び顔を伏せ頷いた。

「かしこまりました」

「せいぜい手懐けろ。得意なことだろう、リナル・ヴィクセル」

気安い仕種でリナルの肩を叩くと、サグーダは小部屋を出て行く。

リナルはしばらく、その恰好《かっこう》のまま動く気がしなかった。

◇◇◇

少しすると先刻の兵士が姿を見せ、リナルはようやく立ち上がった。

兵士が腰に提げていた鍵束の中から一本を取り出し手渡してくる。

「くれぐれも、あの化物を外に出さないようにだけは気をつけてください。何人かが交代でこの部屋に常駐しますが、あなたが檻の中に入る時は、そこの内扉と外扉は閉じさせてもらいます」

口調はそこそこ丁寧なものに戻ったが、兵士の態度は相変わらず友好的とは言いがたい。

「わかりました。魔獣使いの空挺兵として名を馳せるあなた方と、私よりよほど手練れの魔術師が総掛かりでも持て余した虜囚に殺される時は、ちゃんと一人で死にますよ」

鍵を受け取りつつ優しげに微笑んだら、さすがに兵士が気まずげな表情になるので、少し嫌味が過ぎたかとリナルは内心反省した。

「彼の名前は?」

「さあ、知りません」

世話をしろというのであれば、素性くらいは知っておきたい。そう思って訊ねたリナルに、兵士は肩を竦めて答えた。

「あの蕃族に言葉なんて通じませんよ。あれは本当に凶暴で凶悪で、我々が扱う魔獣よりも夕チが悪い化物です。魔術師殿もせいぜいお気をつけください。……あいつのせいで、仲間が何人も死んだんだ」

吐き捨てるように言う兵士は、虜囚に深い恨みを募らせているようだった。

(――けどそれ以上に、彼の家族や友人が殺されて、国すら滅ぼされたんじゃないのか)

命を秤《はかり》にかけることなどできはしないが、自分ばかりが被害者のような顔をすることが、リナルの目には醜悪に映る。蹂躙したのは自分たち帝国側だ。地下にいるあの男は、ただ奪われた側でしかないだろうに。

「では改めて様子を見てきます。先程は姿もよく見えなかったし」

兵士と話し続けるのも気が進まなかったので、リナルは鍵を手に再び地下牢へ続く扉へ向かう。

「今日の分の食事は運んだし、もうすることはないんじゃないですかね」

後ろから届いた兵士の言葉に、リナルは眉を顰める。

（両脚に怪我をさせておいて、『もうすることはない』、だって？）

あの血の臭い。ろくな手当てもされていないことは想像に難くない。兵士にそう言ったところで無駄な気がしたので、リナルは振り返ってただ微笑んだ。

「世話を申しつけられたからには、自分の目で色々と確かめておきたいもので」

「本当に一人で大丈夫なんですか？　陛下直々のご指名にオレごときが何か言うわけにもいきませんけど、どうも、その、見た目からして……」

さすがに言い辛そうに口を濁していたが、兵士の言いたいことはリナルにもよくわかる。見た目というのはちっとも青くない髪の色についてだろう。ろくな力を持たない魔術師に、実戦経験のある自分たちの隊の魔術師ですら敵《かな》わなかった虜囚を相手に何ができるものかと、疑わしく思うのは当然だ。なぜこんな頼りない魔術師に自分たちの敵《かたき》を託さなければならないのかと、如実な不満がその声音と眼差しに滲んでいる。

「私の見た目が、何か？」

リナルが微笑み続けながら訊ねると、兵士は気まずそうに目を逸らした。さすがに貴族に対して失礼すぎると気づいたのだろう。この国で、貴族に対する平民の立場は限りなく弱い。

「あ、ああ、そうだ、これを」

誤魔化すように声を上げて、兵士が腰に提げた水筒に手を遣った。

「強力な鎮痛薬の入った水です。これを飲ませれば多少は大人しくなります。数人がかりで押さえつけて、無理矢理口に流し込まなけりゃなりませんでしたけど。魔術で眠らせるのは、うちの隊の奴には無理でした」

「お気遣い、痛み入ります」

まるっきり魔術の伎倆《ぎりよう》を信用していない様子の兵士から水筒と、ついでに火のついた角灯を受け取ると、リナルは今度こそ奥へと続く扉を開く。

兵士は不安げな表情のままだったが、リナルが廊下に足を踏み入れると、背後でしっかり鍵を閉める音がした。

なるべく足音を立てないよう、静かに地下牢へと向かう。先刻は兵士が靴音高く歩いていたし、装具の金具のぶつかる音が響いていたから、相手を警戒させていたかもしれないと思ったのだ。

リナルの予想通り、静かに近づけば、唸り声のようなものは聞こえてこなかった。

それでも鉄格子の前まで辿り着き、預かった鍵を使って錠を開く音で、怒りを隠そうともしない声が再び聞こえてきた。

耳に痛いような金属音も繰り返し鳴っているのは、おそらく手足を縛《いまし》める鉄輪と鎖を怒りに任せて引き千切ろうとしているのだろう。

声が荒く、強くなり、まるで獣の咆哮《ほうこう》だ。何か言葉らしきものを叫んでいるのかもしれないが、帝国や帝国に蹂躙された国の人間が使うことになる共通言語からは程遠いのか、意味はわからない。

軋《きし》む金属檻の扉を押し開け、リナルはゆっくりと牢の中に足を踏み入れた。

中はずいぶんと広い。リナルの手にした角灯以外には灯りのひとつもなく、長時間この暗闇にいたのでは蠟燭《ろうそく》の炎すら相手の負担になる気がしたので、リナルはそれを翳《かざ》すようなことはせず、そっと床に置いた。

そのまま自分も腰を屈《かが》め、床に片膝をついて、中の様子へと目を凝らす。

本来なら五人か六人かをまとめて捕らえる牢なのだろうか。掌で触れてみた床はざらざらした石だった。砂か埃のようなものと、正体の知れないぬめった何かが指先に当たる。とても清潔な場所とは言えないことは、その手触りと、より濃くなった饐えた臭いで嫌というほどわかった。食べ物の腐ったような臭いと、排泄物《はいせつぶつ》の臭いで、廏舎《きゅうしゃ》の方がましに思えるほどだ。

「私はリナルと言います。リナル・ヴィクセル。この国の魔術師です」

喚《わめ》き続ける男に向けて、リナルはできるだけ穏やかな声で呼びかける。

「あなたの世話を申しつかりました。あなたの名前を教えてもらえませんか」

とても相手の耳に届いているとは思えなかったが、リナルが話しかけると、叫び声と金属音がわずかだけ収まった。

男は手枷《てかせ》と足枷を嵌められ、それを繫ぐ鎖は石の床に埋め込まれているようだと、薄暗がりに慣れてきた目でリナルにも朧気《おぼろげ》に見えてくる。鎖の擦《こす》れる音から判断して、あまり長さはなさそうだった。あれではろくに動けないだろう。

相手とは十歩以上の距離があり、相貌も体格もわからなかったが、底光りするような瞳だけがやけにくっきりと暗がりの中で浮かんでいた。

（赤い……）

赤は魔物の色だ。それでもリナルは相手を怖《おそ》ろしいとは思わなかった。手足を縛められているからではない。彼の瞳に浮かぶのが、ただ憤怒ばかりではないように思えたからだ。

（ひどく傷ついている）

当然だ。国を滅ぼされ、こんな場所へと放り込まれて、身動きが取れないよう鎖に繋がれたばかりか、脚まで傷つけられているというのだから。

リナルは相手を刺激しないよう、慎重に、ゆっくりと、両手を広げてみせた。

「ごらんの通り丸腰です。私は決してあなたを傷つけません」

囁《ささや》くような声で呼びかけるうち、相手の声が咆哮から、低い唸り声へと変わっていく。警戒の強さに変わりはないが、こちらを積極的に害そうという気配は感じられなかった。

闇雲に縛められた手足を動かすこともうやめている。

「あなたの手当てがしたい。とりあえず、体の具合を見せてもらえますか」

それでも唸り声が続くばかりで、返事のようなものは聞こえない。

強く拒まれてはいない気がしたので、リナルは床に膝をついたまま、ゆっくり相手の方へと近づいてみた。

　血の臭いが濃くなる。

「……」

　それで、わかった。暴れたり逃げ出したりしないようにと虜囚につけられた傷は、まだ少しも塞がっていないのだ。

　わざと塞がらないよう、傷口を穢《けが》してある。

「……何てことを……」

　リナルも思わず呻くような声を漏らしてしまった。

　強い反撥《はんぱつ》を覚悟していたが、相手はリナルが手の届くほど近くまでやってきても、じっと動かずにいる。

　知らず、リナルの額と背中にはじっとりとした汗が滲んでいた。

　空気がひどく張り詰めている。

　相手も慎重にリナルの様子を窺《うかが》い、少しでも妙な動きを見せれば、すべての力を振り絞って襲いかかってこようという意思が伝わってくる。

　蕃族だとか言葉の通じない化物だとか兵士は言っていたが、リナルには到底そんなふうには思えない。

　人を殺すような男には感じられないという意味ではない。

（けど、闇雲に暴れ回るような魔獣とは違う）

帝国の人間がよってたかって剣や槍を突きつけ、魔獣をけしかけるから、身を守らないわけにはいかなかっただけではないのか。

角灯は入口近くに置いてきたので、間近になっても相手の姿はよく見えないままだ。それでも、その全身が張り詰め切っていることは痛いほど伝わってくる。

きっと、体も精神《こころ》も限界に違いない。

リナルはローブの中に手を差し入れようとしたが、途端に相手がまた低く呻き声を漏らすのを聞いて、再び両手を広げる。

「薬を取り出すだけです。他に何も持っていない。ほら――」

ローブの首の結び目を外し、リナルはそれを床に落とした。ローブの下は、仕事帰りに街をぶらつけるよう、平民が身につけるのと同じ安い服を身につけているだけで、他の魔術師のように杖や短剣も提げていない。先刻兵士から受け取った水筒がぶら下がっているだけだ。

その水筒の紐《ひも》を腰から外すと、微《かす》かな水音を聞きつけたのか、ごくりと相手の喉が鳴った。

ろくに水も与えられていないのか、あるいは敵の手から渡されたものなど受け取りたくなくて拒んでいるのか。数人がかりで押さえつけて水を飲ませたと兵士が言っていたから、後者なのかもしれない。

「どうぞ」

その証拠に、リナルがコルク栓を抜いた水筒を差し出しても、相手は受け取ろうとしなかった。身を硬くして、拒む空気を滲ませるだけだ。

「毒なんて入ってない――とも、言い切れないのか」

前半は虜囚に言いかけ、途中でそう気づいて、リナルは軽く思案した。

すぐに相手に差し出していた水筒を自分の方に戻し、その飲み口に唇を当てる。

暗がりでまともに見えているのかはわからなかったが、水筒の水を少し口に含んで、音を立てて飲み下した。

それから、男に向けて微笑んでみせる。

「ほら、大丈夫」

「……」

呼びかけるが、相手は再びリナルの差し出した水筒に手を伸ばそうとはしない。どのみち手首の枷を繋ぐ鎖が短いせいでうまく飲めないかもしれないと察して、リナルは水筒を手にしたまま さらに男の方へと近づいた。

不用意に体に触れると反撥されるかもしれないと案じ、リナルは相手に手を当てないよう、注意深く水筒をその唇に近づけた。

相手は抵抗せず、大人しく水筒の飲み口が自分の唇に触れるのを待っていた。

ゆっくりと水筒を傾けてほんの少しだけ水を流し込むと、男は少しためらうような間を置いたあと、ようやくそれを飲み下した。

一度喉を鳴らして飲み込むと、あとは夢中の様子で、水を喉に流し込み始める。

「ゆっくり――慌てて飲むと危ないから」

思い切り飲ませてやりたい気はしたが、もしも長時間水を与えられていなかったら危険だ。餓えた仕種でもどかしそうに手枷の鎖を鳴らす音に胸を痛めつつも、リナルはできる限り時間をかけて男に水を飲ませてやった。

「……」

ごくごくと勢いよく鳴っていた男の喉が、少しずつ静かになっていく。

水筒の水すべてを飲み干す頃には、男の体から力が抜け、そのうち崩れるように床に横たわった。

(薬が効いている……)

魔術はあまり効かないと言われていたが、薬草を煎《せん》じて作った水薬は効果があるようだ。かなり強いものなのかもしれないが、こうまで覿面《てきめん》であることにリナルは少し驚いた。

次第に薄闇に慣れてきた目で見下ろすと、男は布きれが辛うじて体に張り付いているだけというような、ひどい恰好をしているようだった。

辺りを見回しても、寝台はおろか、毛布一枚見当たらない。牢の中は廊下以上に空気が冷えているというのに。

リナルは床に落とした自分のローブを拾い上げ、相手の体にそっとかけてやった。

「……、──」

ふと、男が何かを呟いた気がして、手を止める。叫び声とも唸り声とも違う、囁くような啜《すす》り泣くような声だった。

「……、──」

耳に馴染みのない言葉、薬の作用で呂律《ろれつ》が回っていないせいで、リナルにはそれがうまく聞き取れなかった。

だが、どうしてなのか、彼が何を言ったのかわかる気がする。

──帰りたい。

彼はそう呟いたのではなかっただろうか。

3

図書塔の仕事は、どうやら免除になったようだった。使者を通じて改めてサグーダから通達が来て、虜囚の世話は必ず毎日するようにと命令された。

昨日は眠り込んだ虜囚をしばらく見守ったあと、少しくらい動き回っても目を覚まさない雰囲気だったので、角灯で照らしながら牢の中を見て回った。

やはりとても広い空間ではあったが、必要なものはひとつも見当たらなかった。

リナルは帰宅してからあれこれ用意をして、翌日はまっすぐ地下牢へと向かった。

昨日とは違う元空挺隊らしき兵士二人が番をしていて、やはりリナルの髪色に不信感をあらわにしながらも、昨日の兵士よりは同情的な態度で声をかけてきた。

「あいつに比べたら、魔獣の方が魔術で処理できる分まだマシなくらいです。魔術師殿も、どうぞお気をつけください」

真面目な顔で自分を気遣う兵士たちに、リナルは「ありがとう」と礼だけ言って笑っておいた。

（人でないのはどちらだ）

喉まで出かかった言葉は飲み込む。ここで自分が怒ったところで何も変わることはないだろう。他人と揉《も》めていいことなどひとつもない。そうやってこれまでの人生、厄介なことを躱《かわ》して生きてきたのだ。

「それにしてもすごい荷物ですね」

リナルが館から馬車に詰め込んで運び込んだ大荷物に、兵士たちが怪訝そうな顔をしている。

「何もない地下牢で過ごすのは、さすがに苦痛ですから」

リナルは適当に誤魔化した。逃走を防ぐために平然と虜囚に大怪我を負わせる兵士たちに、治療の道具を持ってきたのだと本当のところを告げても、いいことはない気がしたのだ。

その荷物を廊下に出すと、兵士たちが扉を閉め、向こうからしっかり鍵をかける音がする。

リナルは軽く息を吐いてから、布包みを抱えて地下牢に向かった。

「おはようございます」

鉄格子の前までやってくると、リナルは中に向けて声をかけた。ゆうべ置いていった角灯の蠟燭はすでに燃え尽きてしまったらしく、光源はひとつもない。

中からの返事はなかったが、人の気配はある。昨日よりはほんのわずかに弱まった警戒心が、それでも針のように全身を刺してくるような感覚を味わった。

「覚えていますか。昨日も会った、リナルです」

言葉が通じないことは承知で、リナルはもう一度声を掛け続けながら扉を開いた。扉のそばに置いた手荷物の中から角灯をいくつか取り出し、火を灯《とも》して、牢の四隅に置いていく。

虜囚はすでに目を覚ましているようだった。窓もなく、朝も夜もわからないような牢獄で、昨日は一体どれほど眠ることができたのだろうか。

「眩《まぶ》しくはありませんか？　辛かったら数を減らしましょう」

四つ目の角灯を床に置き、何気ない素振りで虜囚の方を振り返ると、相手がじっとリナルの方を見ていた。

石壁に凭《もた》れるように座り、片膝を立て、その膝の上に片腕を乗せた姿勢で、探るような眼差しを向けている。

（思ったより——ずいぶんと、若い……）

そう気づいて、リナルは内心驚いていた。

逃げ出した時に垣間見《かいまみ》たすさまじい暴れよう、サグーダ曰《いわ》くの『狂戦士』という表現、そして昨日の唸り声や叫び声から、何となくもっと屈強な老練の戦士という先入観で接していたのだが。

土なのか血なのかわからないもので汚れた顔は、もしかしたら自分よりも若いのではないかとリナルに思わせるような造りだった。苛酷な虜囚生活のせいか、頬や顎の肉は抉《えぐ》れるように削《そ》げている。だが衰弱しているという雰囲気ではなく、長い手脚や細身なのに鍛え上げられたことが一目でわかる全身は、まるで獣のような——凶暴で理性のない魔獣ではなく、しなやかに野を駆ける豹《ひょう》のような——印象を、リナルへと強烈に植え付けた。

若いとはいえ少年の不安定さからはとうに抜け出した様子だが、男というより、青年という言葉の方がしっくりくる風貌だった。

離れたところに置いた角灯の光だけではっきり判別できないが、短く刈り込んだ髪は黒色、肌は小麦色で、瞳は淡い紫に見える。昨日両眼が赤く見えたのは、白目の細い血管から内出血していたせいなのだろう。それほど凄惨な仕打ちを受けたのか、それとも牢から逃れるために暴れ叫び続けたせいなのか。

昨日や、その前の「魔獣のようだ」と言われるほどの抵抗は、今日は最初からなりをひそめている。

(こちらに害がないと、何となくわかってくれたならいいけど)

こんな弱そうな魔術師一人どうとでもなると侮ってくれているのでも、別に構わない。目を凝らして見遣ると、手枷をされた手首は傷と痣《あざ》だらけで、破れた皮膚から血が滲んでいる。両脚はもっとひどいことになっていた。彼の傷がこれ以上悪くならないなら、舐《な》められてるくらいでちょうどいいだろう。

「まずは、着替えましょう。体も拭くけど、構いませんか」

やわらかく呼びかけながら、リナルは牢の片隅に置かれた水桶《みずおけ》に目を遣った。中はへどろのような悪臭のする水のようなものが入っている。これが虜囚の飲み水として用意されたものらしい。農家の馬だって、これよりはるかに新鮮で清潔な水をもらっているだろう。

だが幸い、リナルは魔術師だ。

戦場に駆り出されたり、そこで役立つための魔術の研究をしたりする魔術師は全体から見ればほんの一握りだ。気象や農作物、建築、動物、魔獣、あらゆる分野の研究者も各項目ごとにいるが、それだけで食っていける者はごく限られた、そして幸運な者たちであって、本流ではない。

では魔術師の本流はといえば、たとえば魔術で多くの荷物を運んだり、害獣から畑を守るための魔術的な罠《わな》を仕掛けたり、生活に根づいた仕事を地道にする者であり――最も基礎的で最も民の役に立つ魔術のうちのひとつは、汚れた水を清水に変えるというものだった。

昨日、鎮痛薬入りの水を飲んでみせる時も、こっそり魔術で薬の作用だけ除去しておいたから、リナルの方は寝入ったりせずにいられたのだ。

同じ要領で、桶の中の汚水を、人が飲める程度に浄化していく。じっと桶を覗《のぞ》き込んでいる自分を、青年がどんな顔で見ているのか、リナルにはわからない。ともあれ数度呼吸をするくらいの時間を経て、桶の水はすっかり綺麗になった。

そこに、持ち込んだ布を浸して絞り、青年に見せる。濡《ぬ》れた布を示しながら近づいてくるリナルを、青年は少しだけ怪訝な表情で見上げていた。

「拭うだけですけど、少しはすっきりするでしょうから」

青年のそばに膝をつき、リナルは手にした布を先に自分の頬へと当ててみせた。これで肌を拭おうとしていること、そして布に妙なものが染みこんでいたりはしないと、また相手に伝えるためにだ。

青年が理解したのかはわからないが、抵抗する様子はなかったので、リナルはまず相手の頬に優しく布を押し当てた。泥が血で固まって、肌がひび割れたように見えているのが、あまりに痛々しい。先に手脚の傷を治療してあげたくもあったが、急に傷に触れて嫌がられても困るので、怪我の少なそうな顔からだ。

たっぷり水に浸した布を当て続けると、ぼろぼろと血と泥の塊が落ちる。

(ああ、やっぱり、若いんだ)

角灯をひとつ、自分の膝の側《そば》に置いてある。その灯りのおかげと、汚れが落ちつつあるおかげで、青年の容貌がリナルにもはっきりわかるようになった。

目許に大きな傷、他にも細かな傷はあるものの、青年は精悍《せいかん》な、整った顔立ちをしていた。

(これのどこが、獣だ……)

その顔つきにも、静かにリナルをみつめる眼差しにも、強い知性が宿っている。

(なぜこの美しさに誰も気づかないんだろう)

それが不思議だった。昨日暗がりでろくに容貌など見えない時から、リナルにはそれがわかっていた。兵士たちも、サグーダですら、この青年についてまるで自分たちとは違う生き物のように語っていたけれど。

生粋の帝国人にはほとんどない黒髪や鋭角な印象に整った顔立ちだけではなく、リナルはとにかく、彼の瞳に惹《ひ》かれた。強い力で吸い寄せられるように、自分の心がそこばかりに向かってしまう。

その作業を無言でする間、青年がじっとリナルを見ていた。そこには怒りも怯《おび》えもなく、不思議そうでもなく、観察するふうでもないのに、深いところでこちらの心を探るような気配がある。

だがそれがちっとも不快ではなく、どこか脳の痺《しび》れるような快さすら感じていることに、リナルはふとたじろいだ。

まるでこちらの心を見透《みとお》すような目をしている。

サグーダもそれと同じ表現のできる眼差しでリナルを眺めていることがよくあったが、彼とはまるで質の違う、歪みのない、透明な眼差しだった。

それにあまりにみとれすぎてしまって、気づけば肌を拭う手が止まっていた。

我に返って、リナルはまたそっと、壊れ物を扱う仕種で青年の汚れを落としていく。

何度も布を水で洗い、その水を浄化しながら、時間をかけて彼の顔と首、肩や胸、背中を順番に浄《きよ》めていった。青年はずっとおとなしくしている。その肌に触れながら、リナルはやはり彼の体が強靱《きょうじん》と表現できそうなほどに鍛え上げられていることを知った。

（戦う者の体だ）

重たい鎧《よろい》を身にまとい重たい剣を振るうために鍛錬を積んだ屈強な騎士である父や兄たちとも、力自慢で丸太のような腕をした酒場の男たちとも違う。もちろん、魔術に頼って子供より脆弱《ぜいじゃく》な体しか持たない魔術師とも。

「本当に、何て綺麗なんだろうな」

思わず呟くと、青年が今度は不思議そうにリナルの顔を覗き込んでくる。

リナルはつい笑みを零《こぼ》した。照れ笑いのようなものだ。

「あなたがあんまり綺麗だから、感心……感動しているんです」

今まで見たどんな人間よりも美しく感じる。自分の顔を見慣れたリナルには、全身を磨き上げ着飾った貴族の子女が相手でも心の動くことはなかった。なのにこんな場所で、こんなひどい仕打ちを受けて全身ぼろぼろになっている彼から目が離せない。

と同時に、自分が彼をこんな目に遭わせている国側の人間であるということに、ひどい罪悪感を覚えた。

せめてもと、心と手を尽くして傷の手当てを試みる。

「本当は、枷を外してあげられたらいいんだけど……」

手枷と足枷の鍵までは預けてもらえなかった。軽く溜息《ためいき》を吐きつつ、リナルは彼の手首も慎重に布で拭った。魔術よりも薬が効くようだったので、鎮痛効果のある塗り薬を傷に塗り込め、鉄の枷が再び肌を傷つけないよう苦心して包帯を巻いていく。

「少しはましかな」

青年は昨日の叫びや呻きが嘘《うそ》のように、ひとことも喋《しゃべ》らずにいる。

リナルは気にせず、勝手に彼に呼びかけ続けた。

「足にも触れるけど、辛いようなら合図してくださいね」

今度は剣で深く抉るような傷をつけられた両足首へと触れる。青年は小さく身を震わせるような動きをしたが、逃げたり、嫌がって暴れるようなこともない。薬が効いてなおひどい痛みはあるだろうに、ただじっと、リナルのすることをみつめている。

（傷口は洗った方がいいのは確実……だけど）

綺麗な真水でも相当沁《し》みるだろう。かといって、あまり清潔とはいえない状況で放っておけば、最悪歩けなくなるかもしれない。

治療の魔術が効くのであれば、こんなひどい傷でも癒やしてやれるのだろうが。

リナルは一度牢を離れ、廊下に置きっぱなしだった荷物をまた少し中に運び込んだ。そこから昨日と同じ水薬の入った水筒を取り出し、青年のそばに戻る。

「痛みが楽になるから、飲んでください」

青年は頷くこともなく、相変わらずリナルを見ているだけだ。

リナルは作り慣れた笑みを相手に向ける。自分の上っ面の笑みが彼に通じるとは思わなかったし、彼の国の審美眼で自分の容姿がどう判定されるのかもわからなかったが、とにかく少しでも安心してほしかった。

乾いてひび割れた唇に水筒の飲み口を近づけると、青年が少し身を逸らすような素振りをした。この水を飲むと眠らされることがわかっていて、さすがに警戒したのかもしれない。

「また眠たくなるだろうけど、休めばそれだけ回復します。あなたが眠っている間に傷の手当てをしますから」

せめて仕種でそう伝えられたらいいのだが、うまいやり方が思いつかず、リナルはただゆっくりと相手の目を見て共通語で告げる。

何も持っていない手を、害意がないことを示すように広げてから水筒を自分の顔の横に掲げて見せて、もう一度それを青年の口許に近づけた。

今度は身を逸らすことなく、青年が飲み口を唇で受け止めた。

少しずつ水筒を傾けて水を流し込むと、青年が飲み込んでくれたので、リナルはほっとした。昨日から水を与えられていなかったのだろう、またごくごくと喉を鳴らし、水筒の中身すべてを飲み干した。

「そうだ」

リナルは急いで荷物を纏めて置いたところに取って返し、毛布を二枚引き摺り出して戻ると、青年の側にそれを敷いた。

「ないよりはいいだろうと思うから」

青年の両眼がもう重たそうになっている。微睡《まどろ》み始めた体を支え、リナルは毛布の上に相手を横たわらせた。

「お済みですか？」

それから再び牢を出て、廊下を戻ると、小部屋の扉を叩いた。外側から鍵が外され扉が開く。

牢番の兵士が訊ねてきた。リナルがここに到着してからそう長い時間は経《た》っていないが、いい加減に虜囚の様子を見るだけで世話を終わらせたと思われたのだろうか。おそらく彼らがそうしていたように。

「いいえ。彼の食事はどうなっていますか」

「食事でしたら、ゆうべ運んだ分がまだあるはずですが。どうせ、食べてやしなかったでしょう？」

──あれを食事と言えるのであれば、だが。青年の周囲に、腐りかけの肉の塊と、野菜クズを煮込んだスープのようなものがぶちまけてあった。おそらく牢の扉から、もしくは檻の外から投げつけたのだろう。

「では、私も一緒に食べるので、今朝の分を支度してもらえますか」

「え……魔術師殿も、ですか？」

戸惑った様子で、兵士たちが顔を見合わせている。リナルは微笑みながら頷いた。

「ええ、彼と同じものを。のちほど取りに来ます」

こう言えば、家畜でも嫌がりそうな残飯以下の何かを持ってくるわけにもいかないだろう。リナルが魔術師として大した地位にいないことを彼らも承知しているだろうが、サグーダ直々のご指名であるだとか、伯爵家の人間であるという事実のおかげで、無下には扱えないはずだ。

「わ、わかりました」

思ったとおり、戸惑ったふうながらも兵士たちが頷いた。

「今後は朝食と夕食を二人分支度するよう手配してください。そうだな、当分は病人が口にするような材料を全部濾《こ》したスープと、新鮮な果汁を。サグーダ殿下へ、リナル・ヴィクセルからの頼みだと言えば話が通るはずです」

サグーダの名を口にするリナルに、兵士たちが緊張を滲ませた顔で頷いた。平民には王族の名を直接口にすることは許されない。だから意図的にリナルは第二皇子の名を呼んだ。こうしておけば、たとえリナルが帰ったあとやここに来ない日があっても、あの虜囚に残飯をぶちまけるなどということをする気がなくなるだろう。

その他に思い付いた必要そうなものの手配をついでに頼むと、再び牢に戻る。

青年は静かに眠っていた。

水薬を再び与えるまで、体の傷のあちこちが痛んでいただろうに、泣き言ひとつ言わない様子をリナルは思い返す。

（彼を『魔獣』にさせるのは、帝国の扱いのせいだ）

腹立たしいのか悲しいのか自分でもわからない気分を持て余しながら、青年を起こさないよう、足首の手当てを始めた。水で傷口を洗い流し、用意しておいた薬を塗り込めたあと、一応治療の魔術を試す。

脚に触れ、傷ついた腱や血の管や肉の再生を促し、回復を速めるよう相手の体に訴えかけるが、ほとんど手応えが感じられなかった。昨日も青年が眠ったあとに試みてみたのだが、まったく同じだった。

「やっぱり、効かないな……」

あまりに魔術に対する反応が鈍すぎる。

だがまじまじと傷口を観察してみると、昨日新たにつけられた傷があるはずなのに、どれももう少し時間が経った痕のように見えて、リナルは首を捻った。

（そうか、本人の回復力が高いのかもしれない）

しばらく観察していて気づいた。彼に魔術の知識がないのは、それに頼る必要がなかったからだ。

薬の効きがやけにいいようなのも、それを使うことなく傷を癒やせたり、あるいは怪我そのものをあまりせずにいたからか。角灯で照らしてみると、古傷が見当たらない。

（……どんな暮らしをしてきたんだろう）

長身の、鍛えられた体は、やはり戦いを知らないようには見えない。人や魔獣と戦ってきたのか。それとも、食料を得るために猟を行っていたのか。勝手な想像を浮かべながら、リナルはその傷の治療を続けた。

魔術の効きは悪いとはいえ、根気よく続けると、次第に術と本人の回復力が嚙《か》み合うような、不思議な感触が生まれてくる。

（繋がった――）

斬られた腱が繋がり、周囲の肉もじわじわと再生し始めた。

時間をかけてある程度まで癒やすと、リナルはまた邪魔な足枷に苦労しながら、傷の上に包帯を巻いた。

「――」

一連の作業を終える頃、微かな声が、床に横たわる青年の方から漏れ聞こえてきた。昨日よりは薬の効果を弱めてある。もう目を覚ましたのだろう。

青年が身動《みじろ》ぎ、床に両手をついて上半身を起こした。

それから、ひどく不思議そうに、自分の手首や足首を眺めている。

「本当は、もっと癒やしてあげたいんですけど。でも完全に治ったと知られれば、また傷つけられるかもしれない。私は治療者ではないから、簡単な手当てしかできないと思われてるだろうし、その方が都合がいいんです」

また言葉は通じていないことは承知の上で、リナルはそう説明を試みる。青年が自分の体からリナルへと視線を移した。リナルはその背中に手を当て、もう一度横になるよう促す。青年は素直にそれに従ってくれる。

「少し周りを片づけましょう、これでは治るものも治らなくなる」

リナルは立ち上がり、さまざまなもので汚れた床を浄化する魔術を試みた。水を浄める時と同じく、不純なものを取り除き、分解して、消滅させる。地味な作業の繰り返し。青年が連れて来られる以前からの汚れも堆積している。饐えた臭いがひどいのはそのせいだ。

ひとまず青年が囚われている周囲、目に見えて汚れた部分を、そうして綺麗にしていった。

「こんなものかな」

臭いもだいぶ薄れ、ここに入るたびに口で息をしなくてはならなかったのが、まともに呼吸ができるようになった。

ふと視線を感じて見下ろすと、青年が横になったままリナルのことをみつめていた。また、不思議そうな眼差しだった。

魔術を知る者なら当たり前の作業だったが、彼にとっては何が行われたのかわからずにいるのだろう。

怪しいことをしていたわけではない、と示すつもりで、リナルは彼に向けて笑った。

「そろそろ食事にしましょうか。ずいぶん、空腹でしょう？」

言い置いて、一度牢を出ると、小部屋に向かう。兵士たちは言われたとおりのものを二人分用意してくれていたので、それを持って牢に戻った。

スープと果汁の載った盆を青年のそばに置く。手の鎖は体を丸めなければ口許に届かない長さにされていて、自分で匙を使うのは難しそうだった。青年の受けている仕打ちについての腹立たしさを飲み込みながらリナルが青年の近くに腰を下ろすと、相手も身を起こす。

運んできた食事を見下ろすその目には微量の警戒心が浮かんでいた。これまで与えられてきた食事のことを思えば当然だろう。

リナルは無理に促すようなことはせず、まず自分の分のスープを一口飲んでみせた。

「うん、味は控え目だからすごくおいしいってわけではないけど、しばらくちゃんと食べてなかった人にはちょうどいいかな」

サグーダの名を使って圧をかけるような行為がうまくいったのか、貴族《リナル》の不興を被りたくなかったのか、兵士たちはきちんと「病人が口にするような」という注文を守ってくれたらしい。

「冷めてるけど、熱すぎるよりはいいでしょう」

今度は青年の分の皿から匙でスープを掬《すく》い、相手の唇に近づける。青年はじっとスプーンをみつめ、リナルを見てから、目を伏せて微かに唇を開いた。

自分に対して多少なりとも気を許してくれたことが伝わるようで、リナルは安堵《あんど》すると共に、何だか嬉《うれ》しくなった。

青年はリナルが口に運ぶままスープを平らげ、果汁もすべて飲み干した。帝国軍がアルヴィドから凱旋《がいせん》して来た時からの日数を考えれば、五日以上はまともなものを口にしていないだろう。故郷で捕らえられてからなら、さらに長い日数かもしれない。そんな苛酷な状況で生き抜いてこられたのだから、相当に強い体――それに強い精神の持ち主なのだろう。兵士たちから繰り返し化物などと言われていたのはそのせいだろうが、あまりに勝手な言葉すぎる。

「……俺だけは。ここで、君の味方だ」

言葉の通じないもどかしさを感じながら、リナルは呟いた。

ただサグーダに命じられて嫌々従う魔術師としてではなく、自然と、友人に対するような口調になる。

「きっと君をこんな場所から連れ出すよ。君が動けるようになれば」

青年はまっすぐにリナルを見ている。そこには敵意も害意も、欠片すらみつからなかった。

同じ人間として心を尽くせば、当たり前にそれを受け取ってくれる相手なのに。

なぜ彼の周囲にいた誰もがそんなことすら気づかず、ひどい扱いをし続けたのか――帝国の人間たちがどこまで思い上がっているのか、考えるだけでうんざりする。

サグーダの真意はわからないし、本当に暇そうだからこの役割を宛がっただけかもしれないが、自分がこの青年の世話を押しつけられてよかったとリナルは思う。

「よし、食べ終えたのならまた少し横になろう。今は取れる栄養は取って、できる限り身を休めて、そうしたら傷もすぐによくなるだろうから」

もう一度、リナルは青年を毛布の上に寝かしつけ、もう一枚別の毛布を運んできてその体にかけた。

青年はまた大人しく横たわり、まともな食事を取ったおかげか再び眠気に襲われたようで、うとうと瞼《まぶた》を閉じるとすぐに静かな寝息を立て始めた。

リナルはしばらくその寝顔を眺めてから、持ち込んだ荷物の中から、清潔な水入れや柔らかいクッションや気分のよくなりそうな香油などを取り出し、彼の周りに並べる作業にとりかかった。

4

青年の治療と住環境を整えるために、リナルは地下牢に日々通い続けた。

牢の床は清潔が保たれ、窓もないのに明るくなり、嫌な臭いも消え失《う》せ、冷たかった空気が暖かなものに変わっている。リナルが火鉢も持ち込んだせいだ。

「あいつ、あんな髪で図書塔勤めなのに、何で殿下のお気に入りなんだか」

「決まってんだろ、あのツラのおかげだよ。きっと体もイイんじゃないか?」

兵士たちは罰を受ける覚悟で、貴族相手に聞こえよがしの下卑た中傷を聞かせてくれているようだが、そんな言葉はこれまであまりにも言われすぎていて、リナルは何とも思わなかった。

実際、面倒な相手を微笑ひとつで黙らせたこともあるのだ。

(この兵たちにだって、そうやって取り入れば、いっそ楽なんだろうな)

なのにそれをやる気が起きない。青年をあんなふうに傷つけた相手のご機嫌取りをすることに、どうしても抵抗感しか持てなかった。

(無視しておけばいい、どうせ貴族に対して陰口以外にできることもないだろうし)

そう考えつつ、そろそろ大丈夫だろうと沐浴《もくよく》を試すために湯の用意を頼むと、初日にここまでリナルを連れてきた兵士が、あからさまに不愉快そうな顔付きで睨《にら》んできた。

「あんたは、仲間が殺されても何とも思わないんですか」

仲間というのは、彼と同じ空挺部隊にいた魔術師のことだろう。

リナルは自分以外の魔術師の誰も、仲間だと思ったことは一度もない。それは相手の方も同様だろうが。

「大した力のない魔術師にあいつに対する報復を任せなけりゃいけないこと自体、腹立たしかったってのに」

『仲間』の敵を痛めつけるどころか丁寧に世話をするリナルに、兵士たちは明らかな反撥を覚えている。身分差を顧みず言葉をぶつけずにはいられないほどに。

「巡回のたび、あんたにお姫さまみたいに大事にされてるあの化物を見て、反吐《へど》が出ますよ」

リナルは怒りと失望に顔を歪める兵士を、じっと見返した。

「もし帝国に、それより強大な敵がある日突然押し寄せて、家族や友人や仲間をふくめた国民全員が殺されて君しか生き残らなかったら。たった一人異国に連れられてよってたかって痛めつけられて、冷たい牢に放置されていたら。それでも敵を許して大人しく死ねますか」

反論して余計な軋轢《あつれき》を生むべきではない。自分はサグーダに言われたからあの虜囚の世話をしているのであって、望んでやっていることではないと言えばそれですむとわかっている。

これまでの自分であれば間違いなくそうしていただろうに――リナルはどうしても、相手に言葉を返さずにはいられなかった。

だがリナルの言葉に、相手は呆《あき》れたような表情で答えた。

「そんな、ありえないことを。我が帝国以上に力を持つ国が一体どこにあるって言うんです？」

「……」

リナルは反論をやめて曖昧に微笑むと、用意してもらった湯の入った桶を手にして兵士の側を離れ、地下牢に向かった。

「おはよう」

いつもどおり、すでに目を覚ましている虜囚に向けて声をかける。

「そろそろ傷も塞がってきたから、湯浴《ゆあ》みをしよう」

大きな盥《たらい》も引き摺ってきて、起き上がった青年のそばに置く。何をするのかすぐにわかったようで、リナルが服を脱がせる間、青年はおとなしくされるままになっていた。

彼はリナルが何をしても従順だ。もう食事を警戒しないし、水を飲ませようとすると自分から口を開くし、包帯を取り替える時も進んで手足を差し出してくる。

少しずつ信頼を寄せられている気がして、リナルは青年がそんな様子を見せるたび、やはり嬉しくなった。

寒さに耐えられるよう、青年にはいくつも毛布を渡していたが、それを剝ぐとここに来てからずっと身につけ続けているぼろ切れのような服が現れる。リナルは持ち込んだ鋏《はさみ》でそれを切り、手脚の包帯を解《ほど》いて、青年を下着一枚にした。

特に促さなくても、青年が湯を張った桶の中に入り、腰を下ろす。そう大きな盥を用意しなかったのは、短い鎖のせいで、ゆったり手脚を伸ばせそうもなかったからだ。

「沁みないか？」

青年の回復力はやはり驚異的なもので、特にひどかった足首の傷も、今は瘡蓋《かさぶた》も剝がれて白い筋を残すだけになっている。痛がる様子もないので、リナルは彼の肩から湯をかけたり、濡らして石鹸《せっけん》を塗りつけた布で体を擦《こす》ったりした。毎日布で拭いてはいたが、湯に入ると彼がいかに汚れていたかがわかる。リナルは水を浄化する魔術を使いつつ、彼の体も浄めていった。

そうしながら、改めて、彼の体のしなやかさに見惚《みと》れてしまう。生白《なまじろ》い自分などとは違い、健康そうな小麦色に焼けた肌は弾力に富み、布越しにも鍛えられた筋肉の在処《ありか》が感じられる。

手桶を使って頭から湯をかけ、石鹸で汚れを落としていく。黒髪も艶があり、思ったより柔らかで驚いた。

すっかり身ぎれいにさせたあと、リナルは濡れた体を丁寧に拭き上げ、手足を縛められたままでも着られるよう工夫して仕立てさせた服を、青年の体に纏わせた。

「――うん。いいな」

飾り気も何もない綿布を使っただけの簡素な服だが、汚れたぼろ切れを着ているよりははるかにいい。貴族の服のようにごてごてと飾りがないのが、長身で手脚の長い彼に合っている。

もっと早く着替えさせてやりたかったが、サグーダに替えの衣服を頼んでも、青年には到底着られそうにない普通の造りのものしか寄越してこないし、自力で誂《あつら》えさせるしかなくて、時間がかかってしまった。

まともな服を着た様子を眺めて満足げに頷いていたリナルは、ふと、青年がじっとこちらを見ていることに気づいた。

そういう視線はもう珍しくもなかったが、相手の様子に強くリナルの意識が奪われたのは、その表情がほんのわずかに和らいでいたように見えたからだ。

ずっと、美しい彫像のように表情を動かさないままでいたのに。

「イ、ナル」

「え？」

そのうえ相手が初めて発した言葉らしい言葉を聞いて、リナルは目を瞠《みは》った。

「イ……リ……リナル」

「――」

名前だ。少し発音し辛そうにしていたが、間違いなく、リナルの名を青年が呼んだ。

続けて、リナルには聞き取れない言葉をふたつほど発した後、青年が手枷のついた片手を自分の胸に当てて口を開いた。

「イトゥリ」

「……イトゥリ……」

馴染みのない響き。だがそれが彼の名だということがわかり、リナルは急激に、胸がいっぱいになった。

「イトゥリ。名前を教えてくれてありがとう」

リナルの言葉に、イトゥリが小さく頷いた。感謝が通じたのだろうか。そんな反応も初めてで、リナルは喩《たと》えようもなく嬉しくなる。

そのうえそんな自分を見て、イトゥリも軽く目を細め、微笑むような表情をしているものだから、泣きそうにまでなってしまった。

(許してくれるのか。俺だって、君をこんな目に遭わせた帝国側の人間なのに)

抵抗なく世話をさせてくれるだけで充分だったのに、イトゥリから感謝の気持ちを寄せられていることがわかって、リナルは喜びとは違う感情でまた泣きたくなる。

「イトゥリ、俺だけは君の味方だ」

以前も告げた言葉を、リナルはまたイトゥリの前で繰り返す。

「二度と君をここでひどい目に遭わせたりしない。癪《しゃく》だけどサグーダ殿下の威光を借りて、ヴィクセル伯爵の名前を笠《かさ》に着てでも」

自分の貴族という立場にさほどありがたみを感じたことはなかったが、イトゥリを憎む兵士たちですら、今はその立場のおかげでリナルの言葉を無視できないことが、ありがたかった。

平民の兵卒では、貴族の機嫌を損ねるだけで職を失う怖れがある。

（そういう立場を振り翳すのがいやだったけど、今はそれでもいい）

波風を立てない人生。平穏で平凡な生き方。

長い間望み続けていたものが、少しずつ変わっていくことに強い怖れを感じながらも、自分に向けて微笑むイトゥリの前で、リナルはそう決意していた。

◇◇◇

イトゥリはリナルの名の他にも、共通語をいくつか教えると、すぐに飲み込んだ。

「おはよう、リナル」

地下牢に顔を出したリナルを見て、イトゥリの方からそう声をかけてくるようになるまで、五日とかからなかった。

「おはようイトゥリ、よく眠れた？」

「寒い……の、慣れた。アルヴィドも、冬は寒い」

イトゥリの口から故郷の名を聞くたびに胸が痛んだが、リナルは笑って頷いた。

「そう。『夏は暑い？』」

共通語を教えると同時に、リナルもアルヴィドの言葉をイトゥリから学んだ。お互いの使う言葉の意味を確かめ合う必要があったし、それに、一方的にイトゥリに帝国の——敵国の使う言葉を教えることに、抵抗を感じたからだ。共通語なんて、もともと帝国が使っていた言葉を、自分たちが奪った土地の人間に強制して使わせているものなのだから。

「暑い、とても」

朝食の載ったトレイを床に置き、イトゥリのそばに座る。床にはリナルの運び込んだ厚みのあるラグがあり、その上にクッションが敷き詰めてあって、剝《む》き出《だ》しの汚れた石だった頃に比べて座り心地は格段によくなっている。「さすがお貴族様は、牢屋まで自分の家のようになさる」と牢番の兵士たちには聞こえよがしな嫌味を言われたが。

スープは味の濃いシチューに変わり、肉料理とパンの数を増やした。

毎日湯浴みをしているから清潔そのものだし、手足の枷さえなければ、イトゥリはまるで虜囚のようには見えない。

離れた壁、天井の苔《こけ》や黴やその他の汚れは残っているが、イトゥリの周囲だけならば、たしかに貴族の館の一室にしか見えないだろう。床で食事をすることだけ実は慣れなかったのだが、イトゥリの国ではそうして家族や親戚、気心の知れた仲間と集まり、床一杯に広げたご馳走《ちそう》で晩餐《ばんさん》をする習わしがあると話してくれた。途端、そんな食べ方がいいものに思えてくるのがリナル自身にも不思議だ。

「アルヴィドの民は、狩りや畑をして、暮らす。家畜も少し」

イトゥリはそういうこともリナルに教えてくれた。子供の読み書き用の絵本を持ち込んでいるから、簡単な単語はもうすっかり理解していた。

「緑と、水が豊かで、獣が多い。家畜を狙う獣と、土地を狙う他国の者と、戦う」

目の前の獣に剣を向ける仕種で、イトゥリが右腕をまっすぐ前に差し出した。

「ならイトゥリは『騎士』……戦士？」

イトゥリが少し考える顔付きになってから、頷いた。

「アルヴィド王家の者は、戦士になる。男も、女も」

「――」

リナルはしばらく言葉を失った。

「――君は、アルヴィドの王家の人だったのか」

もう一度、イトゥリが頷く。

「王の子だ。末の……」

他は全員殺されたということなのだろうか。

アルヴィドがもっと大きな国であれば、王族が根絶やしにされることはなかったかもしれない。帝国を挙げての兵力でなくとも奪える規模の土地だったから、捕らえられた王子が交渉の材料にされることもなく、こんな場所に閉じ込められている。イトゥリと引き替えに求めるような何かが、きっとアルヴィドには残っていないのだ。

そっとイトゥリの様子を見遣っても、そこに悲しみや怒りはもう見えない。そういった感情が消えてしまったわけではないことくらい、リナルにもわかる。リナルの前だから、抑え込んでいるのだ。

（俺に、何ができるだろう）

詫びたくなる言葉をすんでに飲み込む。自分の謝罪に意味があるとは思えない。

「――そうだ、イトゥリの好きな花があれば教えてほしい。ここに飾ろうかと思って」

シチューを掬った木匙をイトゥリの口許に運びながら、リナルは思いつきを訊ねる。早く自分の手で食事を取れるようになりたいだろうに、イトゥリはリナルの手で料理を与えられることに、抵抗らしい抵抗を見せなかった。

「花……」

イトゥリはシチューを口に入れ、それを飲み下す間、考え込むように少し眉根を寄せた。

「種類は、難しいかな。じゃあ、好きな色があれば」

リナルが重ねて訊ねると、イトゥリが不意に微笑んだ。

「リナル、の、目」

「俺の目？」

問い返すと、イトゥリが頷く。

「ああ――緑か」

頷きを返し、リナルは自分の瞳を指さした。

「緑色。この目の色は、緑」

イトゥリが笑ってまた頷くと、胡座《あぐら》を組んだ足の上に乗せた手で、リナルの頭の方を指さした。

「髪。色も」

「銀……？」

「とても、美しい」

「……」

魔術師らしからぬ髪色だということを置いておけば、美しい、などと、物心ついた時からさんざん周囲の人々から言われて、聞き飽きているほどだったのに。

なぜ、言葉を尽くした賛辞よりも、歌だの詩だのに載せてそれを伝えられた時よりも、イトゥリの短い言葉がこれほど自分の胸に刺さるのか。

誰に褒められたところで「それはそうだろう」と納得の気持ちしかわかず、上っ面の笑顔で「ありがとうございます」と礼を言うばかりだったのに。

「……ありがとう」

胸に広がる温かなものが、リナルの頬や目許の温度まで上げてくる。賛辞を贈ってくる相手が喜びそうな、多少の媚《こ》びを混ぜた笑みを浮かべられる気がまったくしなくて、ただ目を伏せて、過剰な反応をする自分に戸惑うばかりだ。

そのうえ微かなイトゥリの笑い声が聞こえて来るもので、ますます目許が熱くなる。

「リナルの光も、美しい」

続いたイトゥリの言葉が不思議で、リナルはようやく目を上げて相手を見遣った。

「光？」

「光」

じゃらりと鎖の擦れる音を立てながら、イトゥリが両手を自分の足首の上に翳すような仕種をするので、リナルはすぐに相手の言わんとするところを察した。

「魔術の光か」

ささいな術では大した反応も起きないはずだが、治療や水の浄化などで魔術を使う時、術式によってそれぞれの光が浮かぶ。

魔術を知らないイトゥリにしてみれば不思議な、謎の現象だろう。リナルはいったん木匙を皿に置くと、そばに積んであった絵本の中から魔術について書かれた本を抜き出した。

「魔術。怪我を治したり、浄化——何かを綺麗にしたりできる力」

リナルが開いたページを、イトゥリが興味深そうに覗き込んでいる。子供向けに優しい言葉遣いの文字と共に、ローブを着た魔術師の姿で、魔術の説明がされているものだ。

イトゥリが絵本に描かれた魔術師のローブを指で触れ、次にリナルのローブを指さした。リナルは頷く。

「そう、俺は、魔術師」

「魔術師」

ひどく感心した様子で目を瞠り、繰り返し頷くイトゥリの姿が、なぜか愛《いと》おしい。

「イトゥリの国……アルヴィドに、魔術師はいない？」

失われてしまった彼の国について自ら口にしていいものか迷ったが、リナルは思い切ってそう訊ねてみた。

「いない。怪我は、『――』が治す」

リナルにはイトゥリが口にした何かしらの職業らしき単語を聞き取ることができなかった。

まだまだ言葉がうまく通じないことが焦《じ》れったい。

「食べたら、もっとたくさん言葉の練習をしよう。イトゥリの言葉も教えてほしい」

切実な気分で訴えたリナルに、イトゥリが深く頷く。

「早く、話がしたい、もっと」

リナルも、イトゥリの言葉に、深く深く頷きを返した。

本当に、心から、強くそう思った。

5

イトゥリの傷は順調に回復していたはずだった。

だがいつものように朝から地下牢《ちかろう》に向かったリナルは、廊下を歩いている時から血の臭いがすることに愕然《がくぜん》とした。走り出し、鉄格子越しにイトゥリの姿を探す。

「イトゥリ……！」

イトゥリはいつもと変わらぬ様子で牢屋の奥にいた。いつもと変わらず両手足を鉄の枷輪《かせわ》で縛《いまし》められ、壁に置かれたクッションに背を宛てるようにして座り、片膝を立て——苦痛の表情も浮かべていないが、だが、その顔は血の気を失い蒼白《そうはく》で、脂汗が浮かび、そして両足首から下は血まみれだった。リナルが持ち込んで敷いたラグも大きな血の染みを作っている。

ガチャガチャと音を立てて扉を開き、リナルは中に駆け込んだ。イトゥリの側《そば》に跪《ひざまず》くと、予想するまでもない惨状が目の前にあった。

また腱《けん》を切られている。肉が開き骨の見える深さで。

「……ッ……、どうして……！」

何かひどい悪態をわめき散らしたい気がしたが、それより先にすることがある。リナルはきつく奥歯を噛《か》み締め、イトゥリの両頬に手を当てた。かすかに驚いたように目を見開く相手の、淡い紫の瞳を覗《のぞ》き込む。

イトゥリの瞳も、吸い込まれるようにリナルの瞳を見返した。

「……『温かい』」

ぽつりと、イトゥリが自分の国の言葉で呟《つぶや》いた。リナルは頷《うなず》く。

「そう、これが、魔術。『痛みを緩和する。俺を信じて、魂を委ねて』」

心や気持ちと言いたかったけれど、言葉がわからずにそんな言い方になる。

「『魂を』」

イトゥリは疑うことなく、すべてをリナルに預けるように頷きを返した。

魔術を知らないイトゥリの体は、治癒の術を拒もうとしてしまう。自分を傷つけるものかもしれないと、体の方が先に抵抗するのだろう。

だからイトゥリにはまず魔術を、それを使う自分を信じてもらう必要がリナルにはあった。

（その方が、イトゥリの治癒能力に頼るよりずっと早い）

そう考えたのは正解だったようだ。いつもどおりに見えていたイトゥリの表情が、それでも少しは和らいだ。傷口を癒やす前に、痛みを感じる神経を鈍らせることに成功したらしい。

イトゥリがこんな目に遭わされることが悔しくて、悲しくて、憤ろしかったが、リナルはその感情すべてを隅に押《お》し遣《や》り、治療に集中した。

イトゥリの頬から掌《てのひら》を外し、足首へと移動する。傷に触れないよう掌を翳《かざ》すと、イトゥリが微《かす》かな溜息《ためいき》を漏らした。

痛むのかと見上げれば、イトゥリはどこか陶酔するような瞳で、リナルの手許《てもと》をみつめている。

「『とても綺麗《きれい》だ』。魔術の光」

イトゥリの微笑《ほほえ》む姿に、リナルは喉が詰まりそうな、泣き出してしまいそうな気持ちになった。

「リナルが、泣かなくていい」

まるでリナルの方が怪我人《けがにん》で、イトゥリがそれを慰めているような口調だった。

こんな傷をつけられて血を流して痛まないはずはないのに、その姿を見せないのは、きっと彼の矜持《きょうじ》と、そしてリナルに向けた優しさだ。

感情が揺らげば魔術がまともに使えない。リナルは唇を引き結ぶと、イトゥリの傷を癒やすことだけに集中した。治ろうとするイトゥリ自身の力を探り、それと自分の魔術をうまく繋《つな》げる。

初めて試した時はほとんど効かなかった魔術は、リナルの心を受け入れるように、すんなりイトゥリの体に染みこんだ。

時間を巻き戻すかのように、無惨に剣で斬りつけられた傷口が塞がっていく。

血の汚れは浄化され、イトゥリの体は少しの傷も受けなかったかのように、元に戻っていった。

それでも少しの痕跡すら残したくなくて、傷口のあったところに翳し続けるリナルの掌を、イトゥリがそっと上から押さえた。

「もう、痛くない。ありがとう、リナル」

自分の手を優しく押さえてくるイトゥリのそれを見下ろす。手首に嵌《は》められたままの冷たい鉄の輪を見て、リナルはたまらない気持ちになった。

それが抑えきれず、イトゥリの体を抱き締める。

「ごめん……イトゥリ、ごめん……」

どう詫《わ》びていいのかがわからない。なぜイトゥリがこんな目に遭わされ続けなければならないのかも。

「リナルは、悪くない」

結局また、イトゥリに慰めるような言葉を言わせてしまった。リナルは小さく首を振ってイトゥリから体を離す。

イトゥリの右手が、自分が泣いてどうするかと涙を堪《こら》えるリナルの目許に伸びかけた。だが重たい鎖に阻まれ、イトゥリの手は届かない。

そこで初めて、イトゥリがひどく悲しそうな顔になった。

その表情を見て、リナルはもう、自分の中から湧き上がる衝動を堪えきれなくなった。

決心することにためらいはない。立ち上がり、イトゥリに向けて手を差し伸べる。

「イトゥリ、歩けるかな」

リナルの手から顔へと視線を上げ、イトゥリが首を傾《かし》げる。

「『囚《とら》われている。動けないのは見てわかるだろう?』」

「『こんなもの』」

リナルはイトゥリの手首を捕らえる鉄の輪へと、右手の指先を滑らせた。

ガチンと固く耳障りな音がして、輪が真っ二つに割れる。

まるで切れ味の鋭い剣が柔らかい肉でも裂くようなたやすさで、イトゥリの体をこの場に縛り続けていたものが外れ、床に落ちた。

「……」

イトゥリは小さく目を見開くが、何も言わずにリナルのすることを見ている。

リナルはもう片方の手、そして両足の鉄輪も指先の動きひとつで切り裂いていく。

「……魔術……」

こんなことができるのかと、驚きと感嘆を滲《にじ》ませた声でイトゥリが呟いている。

「もっと早くこうするべきだったんだ」

リナルは呟くと、床に落ちた鉄輪の残骸を鎖からも切り離し、すべてローブの下の服にねじ込んだ。

それから部屋の隅にまとめておいた荷物を漁《あさ》り、もう傷ひとつ残っていないイトゥリの足首に、大袈裟《おおげさ》なほど分厚く包帯を巻きつけた。

「リナル、もう痛くない」

「ごめん、痛いふりをしてくれ。傷が治ったことを他の人に知られたくない」

念のため、片言のアルヴィド語でも伝えながら、イトゥリの頭から毛布を被《かぶ》せた。顔色も戻っているところを見られたくない。怪我をしたままという方がおそらく都合がいいだろう。

リナルはイトゥリの手を取って歩き出す。イトゥリは大人しくリナルについてきた。

小部屋への扉の鍵は開かれたままだった。

「今日はずいぶんお早いですね。いつもはべったり入り浸ってるのに、とうとうあの野蛮人に匙《さじ》を投げましたか？」

きっとリナルだけが再び戻ってくると思っていたであろう兵士たちが、開き直ったような態度で訊《たず》ねてくる。今ここにいる彼らが直接手を下したのかはわからないが、たとえ仲間がやったことであろうとも、知らないわけではなさそうだった。イトゥリを傷つけたことについて問い詰めても、どうせ暴れたから押さえるために仕方なくだとか言い訳をするだけだろう。

兵士たちの揶揄《やゆ》混じりの問いには答えず、リナルは背後にいるイトゥリの手を引いた。

部屋に現れたイトゥリを見て、兵士たちがぎょっとしたように跳《と》び退《すさ》る。咄嗟《とっさ》に腰の剣に手をかけていた。

「化物……ッ」

兵士から浴びせられた言葉の意味をイトゥリに教えておかなくてよかったと思ったが、声音と眼差《まなざ》しだけで何を言われているかは伝わってしまうかもしれない。

リナルはイトゥリをそんな恐怖と憎しみと嫌悪に満ちた視線から守るように彼の前に立ちはだかり、冷淡な目を兵士たちに向けた。

「彼があなたたちに危害なんて加えられる体じゃないことくらい、あなたたちが一番よくわかっているでしょう」

「何を勝手に連れ出してるんですか！　早くその化物を牢に戻してください！」

リナルの皮肉も通じた様子もなく、兵士たちは蒼白な顔で声を荒らげている。

「二度とそうして怯《おび》えることもなくなりますよ。彼は私の館に移します」

「はァ!?　何の権利があってそんな――」

「何の権利があって？」

動揺する兵士たちに向けて、リナルは吐き捨てるように言う代わりに、可笑《おか》しげな笑みを浮かべてみせた。

「あなたたちこそ、何の権利があってこの私にそんなことを訊ねているんですか？」

微笑みながらも、意図して威圧的な声音を作る。高慢な貴族がそうするように。

兵士たちがたじろいだように身を引いた。

——波風を立てないように。同じ貴族が相手であろうと、自分の立場ではその人生すらどうとでもできてしまう平民が相手であろうと、決して揉《も》めることなくのらりくらりと生きていこうと思っていた。

けれども今は、そんな自分の信条など気にしていられない。

「か……っ、鍵を、手枷や足枷の鍵はどうしたんですか、渡した覚えはありませんが！」

「そ、そうだ、その化物の縛めを解くことなど我々は報《しら》されていない！」

兵士が喰《く》い下がる。きっとイトゥリを外に出さないよう、厳しく命じられているのだろう。鍵は渡されず、枷には魔術的な封印もなされていた。なぜ今イトゥリの手足から枷が消えているのか、兵士たちは混乱しているに違いなかった。

「私はサグーダ殿下から彼を外で暴れさせないよう世話をしろと命じられただけで、外に出すなとは言われていない。——で、あなたたちは、彼の世話をする私の邪魔をしろと誰かに命じられたとでも？」

兵士たちが、困惑したようにお互い目を見合わせている。

「我々は、そいつが夜中に喚《わめ》いて暴れるから……仕方なく、大人しくさせるために……」

予想通りの言い訳をしどろもどろに口にする彼らの言葉に、耳を貸したくもない。イトゥリを傷つけたのは彼らの単なる腹癒《はらい》せだろう。サグーダがそうするべきだと考えたのであれば、兵士などに頼まずリナルに直接命じたはずだ。

（殿下なら必ずそうする。俺に圧をかけるのが趣味みたいな御方だ）

「手当てをするにはここは環境が劣悪過ぎる。それとも私にまでこんなところに泊まり込ませるつもりか？」

兵士たちが言葉に詰まった様子で黙り込む。

リナルがちらりと自分の背後に視線を遣ると、イトゥリが何か察したのか、痛みを堪えるように身を屈《かが》め、苦しげに呻《うめ》き声を漏らした。

リナルはイトゥリの飲み込みのよさと絶妙な演技につい噴き出しそうになるのを堪えたが、結局唇が歪《ゆが》んだせいでまるで嘲笑するような顔になり、それに兵士たちが怯《ひる》んだ様子になったのを利用することにした。兵士たちは、イトゥリの呻き声にも怯えている。また暴れ出すのではと警戒しているのだろう。

もたもたしていては、兵士たちが集まってきて、イトゥリと引き離されるかもしれない。サグーダの耳に入る前にこの場を離れなくてはならない。リナルはこの機に乗ずることにした。

「私はサグーダ殿下から直接命令を受けている。自分がどんな行動を取るか、下士官ですらない者にいちいち報せる理由もない」

再び高圧的な語調を作り、これ以上の反論を許さないという意図を言外に滲ませる。兵士たちがさらに及び腰になるのがわかった。

（よし）

自分の館に向けて、魔術の報せはすでに走らせている。しばらくすれば馬車が迎えに来るだろうが、それを待っていられず、リナルはイトゥリの体を毛布ごと抱え上げた。

兵士たちはリナルを止めるべきか迷って困惑げに立《た》ち竦《すく》んでいるだけだったが、イトゥリがひどく驚いたように目を見開いて小さな声を上げるので、リナルはまた噴き出しそうになってしまった。

（魔術師なら岩のひとつやふたつ持ち上げられることを、イトゥリはまだ理解してないんだな）

イトゥリから見れば自分よりもずっと弱々しく筋肉とは縁遠そうなリナルが、軽々自分の体を持ち上げたことが信じられないだろう。

それでもイトゥリは馬車と行き合うまでおとなしくリナルに運ばれ、二人を追ってくる兵士の姿はなかった。少なくとも、今のところは。

◇◇◇

明らかに自分たちとは違う風貌のイトゥリを連れ帰っても、館の者たちは動じることなく――表向きだけかもしれなくても――リナルの指図通り、客人を迎え入れるための着替えやお茶や部屋を手際よく準備してくれた。

「賓客だ。世話は俺が直接する、呼ぶまで何もしなくていい」

執事に告げて、リナルはイトゥリを私室まで案内した。

イトゥリは馬車を降りてからは自分の足で歩き、自分たちを出迎えた屋敷の従僕たちに優雅な、どこかしら威厳のある態度で頷き、「ありがとう、世話になる」と淀《よど》みない共通語で言ってみせた。虜囚だと悟られないよう、そうしてほしいとリナルが頼んだのだ。

だがリナルの部屋に辿《たど》り着いて扉が閉まるなり、イトゥリは大きな溜息を漏らしてから、弾《はじ》けるような笑い声を上げた。

そんなふうに快活に笑うイトゥリの声を聞くのが初めてで、驚きと嬉《うれ》しさを同時に感じながら、リナルは相手をソファに座らせた。

「何をそんなに笑ってるんだ、イトゥリ?」

「わからない。ただ、すごく、面白かった」

リナルもわけもなく楽しくて、イトゥリの手を取ったままその隣に座り、笑った。

「君はもう虜囚なんかじゃない。この家の大切な客だ」

「――リナルに、迷惑がなければいいけど」

ふと、イトゥリの表情が翳《かげ》る。リナルはすぐに、笑ったまま首を振ってみせた。

「心配要らない。イトゥリが二度とあんな場所に戻らなくていいようにするよ」

リナルは故意に、イトゥリの懸念の言葉を捻《ね》じ曲《ま》げて捉えて答えた。

（俺が咎《とが》められることはない――多分。サグーダ殿下が警戒しているのは、おそらくイトゥリが復讐《ふくしゅう》に走ることだ）

イトゥリは簡単に殺せない。

彼の治癒能力を知る前は殺す方が楽だろうにと思っていたが、イトゥリの命を断つためには莫大《ばくだい》な犠牲が必要と、今ではリナルにもわかる。実際帝国に連れてこられるまでにイトゥリは何人もの兵士や魔術師を殺した。

（死ぬのが兵士や下級の魔術師なら気にしないだろうけどな、あの御方は。捨《す》て駒《ごま》の兵士たちはともかく、有用な騎士たち、万が一にもご自分や、皇太子殿下や、まかり間違って皇帝が害されるようなことがあればと、それを気にしているんだろう）

魔術の効かないイトゥリは、魔獣以上に危険な存在だ。

手懐けろ、と言ったサグーダの言葉が耳に甦《よみがえ》り、リナルは泥を飲んだような気分を味わった。

（手枷と足枷が外れたところで、俺がイトゥリの首に縄をつけているようなものなんじゃないか）

イトゥリに肩入れしたリナルが彼を牢から連れ出すことすら、サグーダは予想していた気がする。

イトゥリがいるのが牢であろうとも、リナルの家であろうとも、彼にとっては大して変わらないだろう。

（……どのみち、あの御方の掌の上だ）

そしてその予想に、リナルはとっくに辿り着いていた。

「本当に、もっと早くこうすればよかった。ごめん、イトゥリ」

イトゥリを牢に閉じ込め続ける理由がないと気づいていても、連れ出すことを躊躇《ためら》っていた。その自分の判断を、今のリナルには悔いることしかできない。

「なぜ？」

短いイトゥリの問いは、「なぜリナルが謝るのか」だろう。枷が外せるのなら、なぜもっと早くそうしてくれなかったと、責めてくれてよかったのに。

「俺には魔術が使えるから」

リナルは懐から牢でイトゥリの手足を縛めていた枷を取り出した。ずっしりとした重みのある金属。立ち上がり、それを執務机の抽斗《ひきだし》の奥深くへとねじ込んだ。

「すぐに客間が支度できるだろうから、あとで案内するよ」

再びイトゥリの隣へと戻る。

「飲み物と着替えも頼んだ。湯に入りたいならそれもすぐ頼もう、ここには広い浴槽があるから、いつもみたいな小さな盥《たらい》でぬるま湯を使うよりきっとずっと気持ちいい。夕食は俺と一緒に。酒は飲める？　他に必要なものがあれば何でも言ってくれ、できる限りのものを揃《そろ》えるから」

「ほしい、もの……」

イトゥリが本当は何を言いたいのか、リナルにはわかる気がした。

『帰りたい』

初めて牢でイトゥリを見た時に聞こえた悲しげな声は、故郷への帰還を望む哀切な言葉だったと、今のリナルはもう知っているのだ。

「リナルがいれば」

小さく微笑みながらイトゥリが言う。先刻リナルがそうしたように、そっと手に触れながら。

「あとは思い付かない」

イトゥリの答えを、嬉しさと、それ以上の切なさと共に聞きながら、リナルは頷いた。

◇◇◇

イトゥリを館に迎え入れたまま一晩を過ごしたが、やはりサグーダが彼を連れ戻しに来るようなことはなかった。

（現状で連れ戻しに来ることも、俺を咎めることもないのなら、やっぱりこのやり方でも別に構わないんだろう）

予測が外れていなかったことに安堵《あんど》したかったのに、リナルはどこか落ち着かない、不安な心地がどうしても消せなかった。

着替えを済ませ、従僕の代わりにリナルが直接イトゥリを起こしに行った。イトゥリはすでに目を覚まし、ベッドの上に身を起こしていた。

「よく眠れた？」

「『――』みたいだった」

イトゥリの返事が聞き取れず、問い返すと、どうやら彼の国で信仰している女神の膝の上と言ったらしい。極上の状況で眠れることを表す慣用句のようなものなのだろう。よく眠れたらしく、昨日よりもすっきりした顔をしているように見える。

「よかった。朝食を運ばせてもいいかな。よかったら俺もここで食べようと思うんだけど」

いつもならお茶の一杯ですませるところだが、イトゥリに一人で食べさせるのもどうかと思ったのだ。単にリナル自身が一緒に食べたかっただけかもしれないが。

（ゆうべの晩餐も楽しかったし）

アルヴィドでは帝国のようなカトラリーを使ったテーブルマナーはないようで、イトゥリは感心するほど器用に指を使って肉料理や魚料理を口に運んだ。館の主《あるじ》はリナルで、食卓にはリナルとイトゥリしかいないので、イトゥリの作法を咎めたり眉を顰《ひそ》める者もない。よく訓練された給仕も顔色を変えず、主人と客人を不快にさせるようなこともなかった。リナルはイトゥリを真似《まね》て、ナイフで切った肉料理を野菜の葉で包んで食べてみながら、食卓ではなく部屋の床いっぱいに料理を広げればよかったと悔やんだ。

　その後悔を取り戻すために、今朝は客間の床に大きな布を広げ、料理人の用意したパンや肉や果物やスープの皿をその上に並べた。今日もイトゥリを真似て、パンに肉を挟み、その肉に酸っぱい果実の汁を搾ってみると、驚くほど美味《うま》かった。

「こんな味付けもあるんだ」

「アルヴィドの民は、食べるのが好きだ。どの季節も厳しく、肉も、野菜も、手に入れるのに苦労する。ひとつひとつ、大事に、美味く、食べる」

　帝国の飽食とは正反対だ。毎晩のように宮廷で、どこかの貴族の館で行われている夜会や晩餐会を思いリナルは苦笑した。あれはあれで、余り物は廷臣たちや城下の者たちに回るからまったくの無駄ではないと思うが、それも帝国が踏《ふ》み躙《にじ》ってきた人々の存在あってこその贅沢《ぜいたく》だと思えば、リナルはずっとそういう集まりに気乗りがせずにいた。

「いい国だな、アルヴィドは」

　呟いてしまってから、自分の言葉の残酷さに気づいてリナルははっとした。伏せていた目を上げて隣に座るイトゥリを見るが、嬉しそうに目を細めて笑う様子を見て、胸が痛くなった。

（それを奪った国の人間が言う言葉じゃなかったのに）

　戦いは嫌いだ。侵略戦争に賛成したことなど一度もないが、関わらずに生きてきただけで、止めようとしたことも一度だってない。

　そのうえリナルは、これからイトゥリに対して、気の進まない提案をしなくてはならなかった。

「……俺は、イトゥリを二度とあの牢に戻す気はない。それに、帝国……敵国の兵を殺したことについて、俺が君を咎めることも絶対にない。君も自由にこの館の外を歩けるようになるべきだと思っている」

　イトゥリはじっと、リナルの言葉に耳を傾けている。

「ただ、仲間を殺された兵たちは君を恨んでいるし、無防備に外に出るのは危険だから、どこかに行きたい時は必ず俺と一緒にいてほしい。そのために……すごく申し訳ないけど、君を俺の従僕としてもらい受けることを考えている」

　従僕というのは柔らかすぎる言い回しだ。リナルは以前街で見かけた奴僕——奴隷の姿を思い出す。捕虜は死ぬまで労働力として使い捨てられるか、運がよければ金持ちの奴僕として買われる。見目がいい若い女は娼館《しょうかん》に売られることもあるし、男女を問わず貴族の慰み者として買われることもあった。

　ヴィクセル家の息子が、風変わりだが美しい容姿を持った異国の奴僕を連れ回したとしても、誰も不思議に思わないだろう。それに貴族に買われた奴僕《もちもの》を平民が傷つけたとなれば、その一族まで罰せられる。

「君に対して、まるで物のような扱いをすることは、本当に気が進まないんだけど……」

　イトゥリを奴僕として受け入れれば、サグーダはより強固な首輪が彼についたと判断するだろう。奴僕の罪は主人の責任にもなる。だったらリナルは死に物狂いでその手綱を引くだろうと。

「ああ」

「君を買うことを、君は許してくれるか」

　ためらいがちに訊ねると、イトゥリがあまりにあっさり頷いたもので、リナルは自分の言葉が彼にちっとも通じていないのではと疑った。

「国で王族として生まれ育った人を、奴隷の立場に貶《おとし》めるって言ってるんだぞ？」

　答える代わりに、イトゥリがリナルの口許に手を伸ばしてくすぐるように指先を動かす。

　唇の端をつつかれ、パンくずが零《こぼ》れ落ちたことに気づき、リナルは顔を赤くした。手で食べるのはなかなか難しい。

「まじめに話してるんだけど……」

「リナルは優しいな」

　微笑まれ、リナルは気まずい心地でイトゥリから目を逸《そ》らした。

「買いかぶりだ」

「俺の命は、リナルのものだ。初めから」

迷わない口調でイトゥリが言う。

「不思議だ。なぜ、リナルは、こんなに優しくしてくれる？」

イトゥリに問われ、リナルは自分自身でも改めて不思議に思った。

アルヴィドを滅ぼしイトゥリを残酷な目に遭わせた帝国の人間として、償いをしたかったことに間違いはない。

（でも……そんな人たちはたくさんいたのに、俺はずっと、目を瞑《つむ》ってきた）

争いごとに関わらないように。誰が相手でも軋轢《あつれき》を生まないように。長い歴史の中で培われてきた帝国のやり口を、自分ひとりがどうにかできるなんて考えないようにしてきた。それがどれだけ卑怯《ひきょう》なことかは自覚しながら。

けれどイトゥリのことは、どうしても、よくあることだなんて見捨てられなかった。

サグーダに命じられたから。実際の虐待を目の当たりにしてしまったから。どちらの理由も納得はいったが、それでも今までの自分であれば、無理矢理牢から連れ出して自分の館に住まわせようとまでは考えなかっただろう。ただ言われたとおり牢に通って、せいぜい傷の手当てを続けるくらいで。

（どうしてだろう。自分でもよくわからない。どうしてここまで……イトゥリに心が惹《ひ》かれるんだろう）

明らかな波風が立つとわかっているのに。自分の行動は、たくさんの敵を作ったし、不信を招いたに違いない。

（俺の行動は正しかったんだろうか）

だがたとえ間違っていたとしても、それでも、どうしても、後悔はできなかった。

◇◇◇

イトゥリは館の外に出たがることはなかったが、リナルともっと話せるようになりたいと言うので、幼い頃世話になった家庭教師を呼び寄せた。物腰は穏やかだが、勉学に対しては非常に厳しい教師は、数日イトゥリに教えただけで手放しの絶賛をしていた。

「大変ご聡明《そうめい》な御方です。今まで教えたどんな留学生より、飲み込みがお早い」

イトゥリがリナルとほぼ共通語だけで会話ができるようになるまでに、大した時間はかからなかった。

「国でも、『賢者』から教えを受けていた。共通語とは単語の違いだけで、文法にあまり違いはないようだし」

二人きりになった時、夕食のあとにリナルが教師の言葉を伝えて自分も称賛すると、イトゥリが少し照れたようにそう言った。

「『賢者』」

共通語では置き換えられない単語もいくつかあって、リナルにも興味深かった。

「世の真理を知り、女神様にも認められた方。……それももう、失われてしまったけれど」

そしてアルヴィドのことを知るたび、帝国の罪深さも思い知らされる。

瞼《まぶた》を伏せるリナルを宥《なだ》めるように、イトゥリの指先がリナルの目尻を撫《な》でた。

イトゥリはいつもためらいなくリナルに触れる。リナルの育った環境では、友人の挨拶は握手程度、家族でも母親がごく幼い頃に抱き締めるくらいで、あまり身体的な接触で親愛の情を表現することはなかった。

だがイトゥリに触れられることが、リナルには嬉しかった。イトゥリの触れ方はいつも優しく、リナルを慰めるようなもので、それはとても心地のよいものだったのだ。

(もしかして、俺が最初に手を握ったり――抱き締めたりしてしまったから、イトゥリもそれが当然だと思ったのか?)

リナル自身にもそんな行動は予想外で、冷静になるとなぜあんなふうに触れてしまったのかと、内心うろたえた。

だが、そういうものだとイトゥリに誤解されているなら、そのままにしておいてもいい気がしてしまう。

「せっかくリナルの言葉がもっとわかるようになったんだ。リナルの話も聞かせてほしい」

ねだるように言いながら、イトゥリが掌でリナルの頬に触れてくる。やはりこの手の優しさを遠ざけてしまうのは、何というか、勿体《もったい》ない気がした。

「いいよ、聞きたいことがあれば」

リナルはイトゥリに問われるまま、家族のことや、魔術についてなどを話して聞かせた。

夜眠る時以外と、家庭教師が来る時以外、リナルはほとんどの時間をイトゥリの部屋で過ごしていた。食事もイトゥリの部屋に運ばせ、酒を傾けながらお互いのことを語らうことが、言葉に尽くしがたく楽しい。

（誰かと一緒にいて、こんなに楽しいことがあっただろうか）

騎士として帝国に尽くす家族。リナルを劣ったものとして相手にしない魔術師たち。馴染《なじ》めない貴族たち。城下町の酒場で賑《にぎ》やかに酒を飲んでいる時は少し心が慰められるような気がしていたけれど、自分の名や立場を明かさずにいるからできたことだ。

（生まれた場所も何もかも違う人なのに）

イトゥリからの信頼を感じるたびに、心の底から染み渡るような喜びが湧き上がる。誰かの瞳に映る自分の姿を嬉しいと思う日が来るなんて思わなかった。

自分がなぜそんなふうに感じるようになったかはわからないし、でも同じくらい、どうすればイトゥリに惹かれずにいられるのかもリナルにはわからない。拙《つたな》く共通語を使う声も、淀みなく喋《しゃべ》るようになった時の言葉の抑揚も、笑う時の唇の持ち上げ方も、優しく自分を見る瞳も、触れ方も、触れてくる指の長さも、すべてが好ましくて、本当はいつも少し動揺し続けている。

初めて得た友に対する気持ちとしても少し強すぎるんじゃないかと、自分でも怪訝《けげん》な気分になってしまう。

「リナル？　もう眠たい？」

ぼんやりとイトゥリの唇が動く様を眺めているうち、うつらうつらしてしまっていたらしい。イトゥリに呼びかけられて少し我に返った。

「ああ、ごめん、少し酔ったのかもしれない」

イトゥリは果実酒が好きなようで、つき合って楽しく飲んでいるとあっという間に酔いが回ってしまう。リナルが弱いわけではなく、イトゥリが強いのだ。水のように飲んでいる。

「部屋で休むよ。ここは片づけるように頼むから――」

立ち上がろうとしてよろめいたリナルの体を、イトゥリが難なく抱き止めた。イトゥリの膝に倒れるような恰好《かっこう》になり、無様さにリナルは照れ笑いを浮かべながら顔を上げる。

「ごめん」

「気をつけて。部屋まで送る？」

「い、いや、大丈夫」

イトゥリの顔が思いの外近くにあって、リナルは慌てて顔を伏せた。

「――リナル。俺の国では眠る前に家族に接吻《くちづ》けをするんだけど、それをしてもいい？」

耳許でイトゥリに訊ねられ、リナルはひどくうろたえた。

（接吻け？　って言ったか、今？）

それとも聞き間違いか、イトゥリが何か間違って言葉を覚えてしまったか。

狼狽《ろうばい》しつつも、リナルは問い返すよりも先に頷いていた。

（間違ってたなら、それを確かめてから、正しい言葉を教えればいいし……）

やたら顔が熱くなっているのは、酒のせいだと思ってもらえるだろうか。イトゥリが顔を寄せてくる。リナルは自然と顔を上げ、瞼を閉じた。

ちゅ、と軽い音を立てて、頬にイトゥリの唇が当たる。

（……そっちか！）

リナルがわけもなく喚き出したいような、床を転げ回りたいような気分でいると、イトゥリの唇がリナルの耳許に移った。

「『――、――』」

低い声で何か囁《ささや》かれたが、すべてが聞き覚えのない言葉だった。アルヴィド語だ。

「……？　ごめん、イトゥリ、わからない。何て言ったんだ、今？」

訊ねると、イトゥリが笑う。

「おやすみ、良い夢をって言ったんだよ」

「そ、そうか。覚えるよ」

イトゥリがリナルの腕と背中を支えてくれて、リナルは今度こそ立ち上がることができた。

足早に扉へと向かう。

「それじゃ、おやすみイトゥリ」

せっかくアルヴィドの言葉を聞いたのに、覚えると言っておきながらまったく頭に入ってくれなくて、同じ言葉で返せないのがリナルには残念だ。

「おやすみリナル。良い夢を」

笑ったまま、発音まで完璧な共通語でイトゥリが言う。

廊下に出ると、リナルはまだ熱いままの顔を片手で押さえ、大きく息を吐いた。

◇◇◇

「酔いが吹き飛んだな……」

ぱたぱたと顔を扇《あお》ぎつつ、私室へと戻る。イトゥリのいる客間は二階、リナルの私室は三階にあり、廊下を上って上階に辿り着いた時、部屋の前に執事が待っていた。

「リナル様。お休みの前に、お客様についてお耳に入れておきたいことが……」

リナルの父親よりも年長の執事が、遠慮がちにそう切り出した。リナルは眉を顰めつつ、自室へと執事を招き入れる。ヴィクセル伯爵家にいた子供の頃からリナルに仕えていた従者で、宮廷魔術師としてこの館に移り住むようになった時に執事として連れてきた男だ。

(他の従僕たちやメイドがイトゥリを怖がってるとか……じゃないだろうな)

だとしたら主人の客に対する態度を執事が叱りつけこそすれ、リナルの耳に入れるような問題ではない。

「イトゥリが、何か?」

何にせよイトゥリに不利益なことがあれば改めなければならない。ソファに腰掛けながら訊ねると、執事が深刻そうな表情で口を開いた。

「実は夜中の見回りの時に、お客様のお部屋からひどく魘《うな》されるような声が漏れ聞こえてくるとのことで……」

「――え?」

予想外の話だった。

「従僕たちが話しているのを耳にして、私も昨晩客間の廊下の見回りついでに気をつけてみたんですが、確かに、そういったお声が」

客間の扉は厚く、多少の話し声であれば外に漏れることがない。

(だとしたら、イトゥリは相当ひどく魘されているっていうことだ)

別の階で眠っていたリナルには、まったく気付けなかった。

「まさか、毎晩か?」

「――申し訳ございません、お客様については、リナル様のご指示ある時以外は何の手出しや口出しもしないよう承っておりましたので……」

執事は言外に毎晩であると肯定している。たしかに最初にそう言いつけたのはリナルだ。イトゥリが異国人であること、見た目の違いから、間違っても使用人たちが怯えるような態度を彼に見せないようにと気を回してしまった。

「ですがあまりにお苦しそうですし、このままお耳に入れずにおくのも、と」

「……ありがとう、よく伝えてくれた。今晩はもう二階の見回りは必要ない」

心から礼を言うリナルに頭を下げ、執事が部屋を出て行く。

リナルはしばらく考え込み、夜のために短く落とされた燭台《しょくだい》が燃え尽きる頃、立ち上がって部屋を出た。客間でリナルを見送ってすぐイトゥリが寝台に潜り込んだのなら、そろそろ深く寝入っているだろう頃合いだ。

薄暗い廊下を歩き、階段を下りて、再びイトゥリのいる客間に向かう。

（たしかに……声が――）

覚えのある呻き声。苦しげな、悲しげな低い声が波のように続き、ときおり獣じみた咆哮《ほうこう》が上がる。

（……ああ）

聞かずとも、リナルはイトゥリの魘されている理由が嫌と言うほどわかった。

（夢を見ているんだ。帝国に……アルヴィドを滅ぼされた時の夢を。家族や国の人たちを片端から殺された時の……）

客間の前に辿り着き、ノックはせずに扉を押し開く。途端、イトゥリの魘され声がさらに生々しくリナルの耳に届いた。居間を通り抜け、間続きの寝室へ向かった。

寝台に横たわるイトゥリの姿を見る前から、リナルは涙が止まらなかった。こんなに苦しげな人の呻きを、イトゥリに出会うまで聞いたことがない。

「……ッ……う……」

イトゥリは寝台の上で身を捩《よじ》るようにしながら苦悶《くもん》の表情を浮かべていた。

「『――ッ、――！』」

ときおり漏れる言葉の意味がリナルにはわからない。だがその悲痛な声音から、きっと家族や友人の名を呼んでいるのだろうと伝わってくる。

イトゥリを再び傷つけたのは夜中に喚いて暴れるからだ、という牢番の兵士たちの言葉は本当だったのだろう。それを理由にイトゥリを傷つけていいなどと口が裂けても言わないが、だが、だったらもっと早くにイトゥリの様子に気づくべきだった。

（どうして俺は、毎晩牢から帰ったりしていたんだろう）

一緒に泊まればよかったのだ。そうすれば、こんなに苦しげに魘されるイトゥリを、悪夢から覚ましてやることくらいはできたのに。

「――イトゥリ」

敷布を握り閉めるイトゥリの腕には、夜目にもわかるくらいの筋が立っている。どれだけ力を入れているのか。

「イトゥリ、『起きて。大丈夫。ここはもう、大丈夫だから』」

何が大丈夫なのだと思いながら、そう告げることしかリナルにはできなかった。

だが呼びかけてもイトゥリが目を覚ます様子も、苦しみが止《や》む様子もない。きつく閉じられた両眼からは滂沱《ぼうだ》と涙が落ちている。

眠りから覚ませる魔術を使うべきかリナルは迷った。夢を見ている者に使えば、悪夢の中に魂を置いてきてしまうかもしれない危険なものだ。ただでさえ魔法の効き辛《づら》いイトゥリに、きちんと作用するのかも不安だった。

「イトゥリ……」

そっと肩に触れると、イトゥリの体が大きく跳ねた。

「っ」

驚く間に、強い力で腕を摑《つか》まれた。

「あ……ッ」

リナルは痛みに顔を顰《しか》める。いつも自分に触れるイトゥリが、どれだけ気遣い、どれだけ加減していたのかを、その痛みで思い知らされた。一握りで骨まで砕けそうになるのを、反射的に魔術の防禦《ぼうぎょ》で防ぐ。

「イトゥリ、『目を覚ましてくれ』！」

自分の痛みなどより、イトゥリの苦悶の様子の方が辛くて、リナルは声を上げた。

その声に反応するように、イトゥリが何か雷にでも打たれたようにまたびくりと身を震わせ、瞼を開く。

荒く喘《あえ》ぎながら、イトゥリが大きく見開いた目でリナルを見上げた。焦点の合わないぼやけた瞳にリナルは微かな悪寒を覚えたが、ふとそれが自分の瞳とかち合ったことに安堵する。

「リ……ナル……」

だがイトゥリの方は、リナルの姿をみとめると、恐怖に凍ったような表情になった。リナルの腕を摑んだ手を、強張《こわば》った顔のまま離そうとする。

リナルはそれより早く、相手の手を両手で握り締めた。

「『大丈夫。俺はどこも怪我なんかしてない』」

悪夢に魘され暴れたせいでリナルを傷つけたのではと、それに怯えるイトゥリの心がなぜかはっきりとわかる。リナルが微笑んでみせると、イトゥリの顔がようやくわずかながらに強張りを解いた。

「……『夢を見ていた』……」

ゆっくりと、イトゥリの体が弛緩《しかん》していく。イトゥリに手を握り返され、そっと、ほんの小さな力で引き寄せられ、リナルはそのままイトゥリの体の上に身を横たえた。

イトゥリの体は驚くくらい冷えていた。汗まみれのその体を、リナルは力を込めて抱き締める。

その背に、力を込めないようにと気遣うのがわかるイトゥリの腕が回った。

「『怖ろしい夢を見ていた……父も、母も、兄たちも、他の親族たちも、友人も、すべての民が、剣や槍《やり》に襲われ、見たこともないおぞましい姿の獣に食い殺され……』」

「……」

「『何が起こったのかわからなくて、ただ、守らなくてはと……我を忘れて、俺も、たくさんの人や獣を殺した……』」

「『イトゥリは悪くない』」

そんなことしか言えない自分が、リナルにはもどかしい。

「『ずっと、毎晩、そんな夢を見ていたのか。……呼んでくれたらよかったのに。俺に何ができるわけじゃないけど……』」

イトゥリの共通語ばかりがうまくなって、アルヴィドの言葉をさらに知ろうとしなかった自分を、リナルは悔いた。思いをきちんと伝えられているのかがわからない。

だがリナルの背を抱くイトゥリの腕に、そっと力が加わった。

「『戦いで我を忘れることがある。獣のようだと、アルヴィドでも言われていた。国では褒め言葉だったけれど……』」

微かにイトゥリの体が震える。

「『そういう時、戦いの興奮から醒《さ》めると、目の前にたくさんの死体が転がっているんだ。分別がつかなくなる。……目を覚ました時、リナルを傷つけていたらと、怖ろしかった』」

リナルはイトゥリの上で少し身動《みじろ》いだ。体を起こし、イトゥリの顔を覗き込む。

「『俺は大丈夫。どこも怪我をしていないと言った』」

微笑んでみせると、イトゥリはしばらくそんなリナルをみつめ返してから、細く息を吐き出した。

「リナルはそんなにたおやかなのに、見た目よりよっぽど頑丈なんだな、もしかすると」

共通語で呟いたイトゥリの声は、どこか冗談めかしたものだった。

リナルは手の甲で、濡《ぬ》れたままのイトゥリの頬を拭った。

「……強がらなくていいよ。無理に笑うことはない」

「……」

イトゥリが目を閉じ、リナルの手に頬を寄せるような仕種《しぐさ》をした。

「リナルは怖《おそ》ろしくはないのか。蕃族《ばんぞく》の、化物の、俺が」

言葉を学んだイトゥリは、自分がこの国の人間からどんな言葉を浴びせられていたのかを、はっきりと知ってしまった。

「――イトゥリは馬鹿なことを訊《き》いてるとは思わないのか。俺がそんなことを考えるなんて、本気で」

　声に憤りを滲ませて、リナルは問い返す。憤ろしいのはイトゥリにではない。そんなことを彼に言わせる帝国のやり方に対してと、止められない自分に対してだ。

「イトゥリを怖ろしいと思ったことなんて一度もない。あの地下牢で姿を見た初めから、俺は」

　言葉など通じない最初からイトゥリに惹かれていた。

　兵士たちが怯えるイトゥリの姿を、何人もの帝国人を殺したという力を、本当に一度だって怖れたことはなかった。

　それが伝わってほしいと、リナルは心から願う。

「……この国の人間なんて一人残らず殺してやろうと思っていた」

　瞼を閉ざしたままイトゥリが呟いた。

「人も獣もすべて殺し尽くして、その後に、皆や『女神様』のいるところへ行こうと」

　全部言わせたくはなくて、リナルは指でイトゥリの唇を押さえた。

「悪い夢を見ないで眠るおまじないを知ってるんだ」

　そう囁いたリナルを、イトゥリが問うように見上げた。指の下で唇が動き、「おまじない?」と繰り返される。リナルは唇から指を離した。

「そう。魔術師だった母から教わった唯一の、どんなすごい魔術より大事なおまじない。おまじないってわかるかな、魔術とは少し違って、誰にでも使える、何だろう……祈りとか……願いとか……」

「『まじない』。母もよく、寝つけなくて泣く子供だった俺を抱いて、背中を叩《たた》いて、歌を歌ってくれた」

「ああ、なら、一緒だ。こうして――」

リナルはイトゥリの体の上から下りて、隣に寝直すと、相手の頭を抱え込むように抱き締めた。心臓の音が聞こえるような姿勢で。

「鼓動に合わせて背中を叩く。イトゥリは、俺の心臓の音だけを聞いていて。歌は歌えないんだ、ごめん、下手で」

申し訳なさそうに言ったリナルの言葉に小さく笑ってから、イトゥリが自分の頭を抱くリナルの腕に触れた。

「それでももし、俺がまた魘されて、暴れるようなことがあれば――」

イトゥリはリナルを傷つけることを怖れている。

眠らせるだけの魔術では、きっとイトゥリはまた悪夢を見てしまう。自分が側にいることで、安心させることで、そんな夢に捕らえられることがありませんようにと、本当は祈ることしかできないのだけれど。

それでもリナルは、きっぱりと首を振った。

「〝もし〟はいらない。俺の『まじない』は絶対に効くから」

「……そうか。リナルが言うなら、そんな気がする」

自分に身を寄せるイトゥリの耳許に、リナルはそっと唇をつけた。

「おやすみ。……って、こうするんだよな？　イトゥリの国では」

訊ねたリナルに、くすくすと、なぜかイトゥリが小さな声で笑いを漏らしている。

「そう。おやすみ、リナル。……良い夢を」

イトゥリは手を伸ばしてリナルの頬に触れてから、静かに瞼を閉じた。

リナルは自分が眠たくなるまで、飽きもせず、その背中を優しく叩き続ける。

――その夜から、リナルも客間のベッドでイトゥリと一緒に眠るようになり、イトゥリが魘されることはなくなった。

6

イトゥリを館に迎え入れてから十日が過ぎた。

その間、サグーダを含めた誰からの連絡もなく、リナルはそろそろイトゥリを正式に自分の奴僕として迎える手続きを取ることを考え始めた。

(国が奴隷商に下げ渡す前なら、軍に話を通すべきなのか——)

奴隷商人が扱う【商品】であれば、街に並べられたものを好きに買うことができる。だがそれ以前の虜囚の扱いがどうなっているのかを、リナルは知らなかった。これまで知りたいとも思わなかったたし、知る機会もなかったのだ。

(兄さんに訊ねてみるか)

父は遠方の植民地を治めるため長くヴィクセル家の館を空けていて、長兄も遠征中、すぐ上の兄だけ少し離れた土地にある別荘で休暇を取っている。彼も戦地で捕虜を連れ帰ることがあるから、手続きにも詳しいだろう。

イトゥリ以外にもこの帝国内で同じような目に遭っている虜囚が数えきれぬほどいること、家族がそれを生み出すことに関わる騎士であることには必死で目を瞑り、リナルは兄宛ての手紙を書き上げた。

それを執事に渡すため呼び鈴を鳴らそうとした時、その執事が王宮からの手紙を持って現れた。

手紙は空挺《くうてい》部隊のある連隊司令官からのもので、地下牢にあるリナルの私物を早々に持ち帰るようにという要望書だった。あの地下牢にはまた別の虜囚が放り込まれるのかもしれない。イトゥリの世話をするためにあれこれ持ち込んだ荷物が邪魔だが、貴族の持ち物を勝手に処分することもできずに困っているのだろう。

またあの地下牢を見るのも気が進まず、好きに処分させてもよかったのだが、イトゥリが気に入っていたクッションもあるし、それくらいは持ち帰ろうかとリナルは重い腰を上げた。要望書には、のちのち窃盗や紛失などの難癖がつけられないよう、リナル自身が確認に来るよう念押ししてある。

身支度をすませ、リナルは執事に外出を報せて馬車に乗った。イトゥリは家庭教師の来る時間で、まだしばらく勉強は終わらないだろう。

（牢番が変わってると嬉しいけど）

イトゥリや自分にも敵意を剝き出し《むだ》にしていた彼らと顔を合わせるのは億劫《おっくう》なので、すれ違うこともありませんようにと願いながら、リナルは辿り着いた収容所の馬車止めで馬車を降りた。

幸い、見覚えのある兵士たちの姿は地下牢のある小部屋にはなかった。

だがそれよりも厄介な相手が小部屋の椅子に座っているのを見て、リナルは表情を変えずにいるのに、ひどい苦労を強いられた。

(サグーダ殿下――)

今日もサグーダは供を連れていない。

荷物の引き取りは建前だったのだと、今さらリナルは気づいた。

また、サグーダの思惑だったのだ。

その場に膝をつき、顔を伏せながら、リナルはすでに背中に冷や汗をかく気分だった。どう考えても、喜ばしいことを告げられる前触れではない。

「私の虜囚を無断で連れ出すからには、挨拶のひとつくらいあっていいものだと思っていたがな」

リナルが挨拶の口上を述べる前に、笑い含みの声音でサグーダが言った。

「音沙汰がないので、痺《しび》れを切らせてこちらから来てやったよ」

「……世話をする場所は問われておりませんでしたので、わざわざご報告で煩わせることもないと判断いたしました」

兵士たちにはこの詭弁《きべん》が通じても、サグーダに通じるとは思えなかったが、他に釈明しようもない。

サグーダが軽く鼻を鳴らした。

「ふん、まあたしかに、場所などどこでも構わんよ。——ずいぶん手厚く治療してやっているようだな、あの蕃族を」

脚を組みながら言うサグーダの口調は気安いものだったが、リナルは抜き身の剣を首元に突きつけられているような気分になる。この男と向き合っている時はいつもそうだ。自分ばかりではない、サグーダと直接対峙《たいじ》したどんな人間でも——皇帝と皇太子以外は——同じ気分を味わわされているだろう。

「手懐けろ、とのご命令でしたから。手負いの人間の傷を放置して、こちらの言葉に耳を傾けてくれるとも思えません」

もっと穏便に、余計なことは言わずに礼だけ告げて顔を伏せていればいいとわかってはいるのに、リナルはどうしてもサグーダに言葉を向けずにいられない。イトゥリをあんな目に遭わせた張本人だと思うにつけ、腹立ちが収まらなかった。

「おまえがいつもどおりその美しい顔で微笑めば、いかな蕃族であろうとも誑《たぶら》かせると思うがな。魔術師どもに使っている手管をここの兵には使わなかったことが、私にはむしろ不思議だよ」

サグーダの口調には、どこか面白がっているような響きがあった。

「おまえはそろそろ私に借りを返してもいい頃合いだぞ、リナル」

続いたサグーダの言葉の思いがけなさに、リナルは動揺など見せない方がいい相手だとわかっていながら、一瞬うろたえてしまった。

「……借り――とは？」

これ以上サグーダの言葉を聞きたくない気がする。聞いたところで、いいことなど何ひとつないと感じる。

「まず、私の許しもなく虜囚を連れ出したことは罪に問わずにおいてやろう。みすみすおまえたちを外に出した兵たちまで罰さなければならなくなる。たとえ平民であろうとも、自分のせいで他人が傷つくことが、おまえは嫌だろう？」

ぐっと、膝の上に置いた手を握り締める。サグーダの指摘は当たっている。これ以上動揺すればつけ込まれるだけだと、リナルは必死に反論を堪えた。

「それに、おまえの戦嫌いは承知しているから、図書塔の管理人などというつまらん職に就けてやったことにも、感謝をしてもらいたいものだ」

――自分の処遇にサグーダが直接関わっているとは思わなかった。

（なぜ、この方が、そこまで俺に）

たかが伯爵家の三男でしかない自分とサグーダでは、身分が違いすぎる。野心のある者は積極的に宮廷の夜会に潜り込んでどうにか王族と繋がりを持とうとしているかもしれないが、リナルは貴族の晩餐会にすら滅多に顔を出さずにいた。

なのに少年の頃から、王宮に足を運ぶと必ずそこにサグーダがいた。声をかけられるたびに戸惑った。短い挨拶だけであろうとも、真意がわからず、いつも空恐ろしさを感じていた。

直接皇子に声をかけられたことを妬む他の貴族たちからは、「よほどおまえの顔が気に入ったんだな」だとか、「そのうち寝所に呼ばれるんじゃないか」だとか当て擦られていたし、実際サグーダはリナルの容姿を讃《たた》える言葉ばかり口にしていたが——彼がそんなものに何の価値も置いていないことくらい、リナル本人には嫌と言うほどわかっていた。

サグーダが自分を見る目は、他の人間が浮かべる思慕や劣情からは程遠い。

ただ値踏みされ続けているだけだった。彼にとって利用できる存在か、そうではないのかを。

今も、顔を伏せていてなお、それを吟味するかのように自分を眺めるサグーダの視線を感じる。

「……私に、何をしろと」

勿体ぶるように口を噤《つぐ》んだサグーダの作り出す沈黙に耐えかね、リナルは口を開いた。

「おまえには、あの蕃族を帝国の戦士として仕立て上げることを命じる」

思わず、リナルは許しも得ないままに顔を上げ、サグーダを見上げる。

「帝国の、戦士……?」

たしかに、敵方の騎士や兵士の中で腕の立つ者がいれば、場合によっては帝国軍に組み入れられることもある。

だがそれは他国の高名な騎士を、たとえばその国の王の首を軛《くびき》にして屈服させるとか。

あるいは「自分が生き延びられればいい」という者を危険な戦地に投入して使い捨てるとか、そういう場合だ。

「あ……あの者は、私の館でも部屋に閉じ込めてようやく暴れるのを抑えています。とても、戦場で命令を聞ける状態では」

「では命令を聞くようにしろ」

必死に抗《あらが》うリナルの言葉を、あまりに容易《たやす》くサグーダが跳ね返した。

「何も私や他の指揮官の言葉に従うようにしろと言っているわけではない。おまえにだけは従うようにすればそれでいい。できるはずだな」

「怪我を――ひどい傷が癒えぬままです。兵たちに再び傷つけられ、足が壊死《えし》しかけていたので、牢から連れ出したのはそのためです。まだ自力で歩くこともできず、だからこそ私の館で大人しくしています。あの虜囚に魔術が効かず、治癒もないことは、勿論《もちろん》殿下も聞き及んでおられると思います」

牢にいる間、イトゥリの手足には大袈裟な包帯を巻き続けていた。連れ出す前にまた傷つけられた時、兵士たちはおそらくイトゥリの体を細かく検分する暇などなく、一方的に剣で斬りつけただろう。傷が治っていることには気づかれていないはずだ。

「ふむ……そうだな。魔術が効かぬというのが、一番の難点だ」

考え込むようにサグーダが自分の顎を手で探る仕種を見て、リナルはわずかながらに安堵した。まだ時間は稼げる。

「どうか、傷が癒えるまでの猶予をいただきたく存じます」

「蕃族の傷の治りは相当に早いと聞いた。傷口を穢《けが》されることもなく、おまえの献身的な看護があれば、まあそう待つまでもなく完治するだろうな。蕃族がおまえに恩を感じて懐くのであれば両得だ」

「……は……」

再び、リナルは顔を伏せて頭を垂れる。

「ところで――」

サグーダの声が、リナルの頭上から振ってきた。

「おまえには一昨年社交界に出たばかりの妹がいたな」

突然話が変わったことに戸惑いながら、リナルは頷いた。

「まだ未熟なばかりの妹ですが……」

「兄の上の子が今年十二になる。いささか年は離れているが、何、私の妻も私より年長だ、珍しくもない話だろう」

リナルは再び、頭がぐらつくような眩暈《めまい》を覚えた。

「妹は、マギア公爵家との縁談を進めておりますところで」

「ではマギアの息子には我が叔父の娘でもくれてやるか。出戻りだが王家に縁づけるなら文句もないだろう、心配するな」

「は……伯爵家では、血筋が劣ります。皇太子殿下のご気分を損ねることになるのでは」

「案ずるな、私の言葉であれば兄は聞き入れるだろう。ヴィクセル伯爵やその息子の武勇は兄のみならず父の耳にも間違いなく届いているだろうしな。――それにこれからはおまえだって、異国の戦士を使う魔術師として名を馳《は》せることになるのだ」

「……」

必死に震えを堪え、俯《うつむ》き続けることしかできない。

（なぜ、そこまでして――）

これでは妹を人質に取られたようなものだ。

リナルの出方ひとつで、妹の人生がどのようにでも変わってしまう。

（それに、父さんや兄さんたちも……）

自分に家族がいるということを、いやが上にも思い出させられた。戦場にいる父や兄たちこそ、自分や妹以上に、サグーダの命令ひとつで運命が変わる。出陣中に事故に見せかけて殺すことくらい、サグーダにとっては造作もないことだろうし、きっと心が痛むことすらないだろう。

「あとでヴィクセル家に正式な申し入れをするとして、まずはおまえが直接妹に報せてやるといい。これでおまえの妹は、未来の皇后陛下だ」

サグーダが立ち上がり、それで話はおしまいだった。

リナルはもう一言も発せないまま、石像のようにその場に座ったままでいた。

◇◇◇

長い時間茫然《ぼうぜん》としたあと、ようやく我に返って館に戻る頃には、すでにサグーダから妹宛ての手紙が届いていた。あまりに素早い手の回しように笑いも起きない。中身は想像がついた。

リナル宛てには一刻も早く妹に直接手渡すようにという伝言があり、逃げ道がないことに目の前が昏《くら》くなった。

翌日、リナルは嫌々ながらにヴィクセル伯爵邸に向かった。

手紙を受け取った妹の喜びようは凄《すさ》まじいもので、侍女と手を取り合いながら泣きじゃくる姿に、リナルは途方に暮れる以外なかった。

「リナルお兄様が、私のことをたくさん第二皇子殿下に伝えてくださったたって……！」

「リナル様はお嬢様のことを本当に大切に想《おも》っておいでですから！」

そう、リナルは本当に、妹のことが大切だった。彼女に騎士の血も魔術師の血も受け継がれず、彼女自身はそれに落胆していたが、間違っても戦場に駆り出されることのない性質に生まれついたことを、心から喜んでいた。

少女らしく夢見がちで、街で流行《はや》りの恋愛小説を読んでは本気で涙する姿が愛らしく、自分にまで本を押しつけられても喜んで読んで、感想の手紙をやり取りするほど仲のいい兄妹だった。

「マギア公爵家の次男との縁談、喜んでいただろ。まだ正式に決まったわけじゃない、おまえが嫌なら、俺がどうにかサグーダ殿下に断りを入れることもできるから――」

兄の言葉に、妹が驚いたように目を瞠《みは》ってから、何か強く決意するようにぎゅっと胸の前で両手を組んだ。

「ご心配なさらないで、お兄さま。私だってヴィクセル家の娘として教育を受けてきたし、未来の皇太子殿下……いえ、皇帝の妃《きさき》になるための覚悟は、かならずしてみせます」

どちらかといえば内気で、父や兄の前ですら引っ込み思案なところを見せることがある妹が、きっぱりとそう言い切る。それから再び嬉し泣きの顔になって、リナルの方へ身を寄せた。

「ああ、でも、本当に嬉しいわ。家のことになんてちっとも興味をお持ちでないと思っていたのに、リナルお兄さまがこんなふうに縁談を持ってきてくださるなんて。絶対にお兄さまに恥を掻《か》かせたりしないように、頑張ります」

妹に抱きつかれ、リナルはどんな顔をすればいいのかわからない。

喜んでいるふうに微笑み続けることも難しくなり、リナルは早々に伯爵家を立ち去ることにした。

「もうお戻りになるの？　せっかく久しぶりにお会いしたのに」

妹は不満そうだ。

「初めて見るあの従者のこと、もっとお聞きしたかったわ。ねえ？」

侍女と顔を見合わせた妹が、くすくすと恥ずかしそうに笑っている。

「とっても素敵な方ね。どちらのお生まれなのかしら」

イトゥリのことだ。自分の館に一人置いてくるのも不安で、伯爵家まで従者として一緒に連れてきて、今は別室で待たせている。

「おまえの知らない国の方だ」

たった今縁談に飛び上がって喜んでいたのに、兄の従者に興味津々の様子を見せる無邪気な妹に、リナルは苦笑した。

「事情があって極秘で帝国にいるから、周りに触れ回ってもいけないよ」

「もう。お兄さまったら、相変わらず秘密主義でいらっしゃるのね」

溜息をついた妹に、リナルは少し意外な心地になった。家族の前、特に妹の前では、単純で少し軽薄なほどの兄でいたつもりだったのに。

「――そう見えるか？」

「見えないと思っていらしたの？」

今度は妹の方が、意外そうな表情を作る。

「お兄さまが本音でお話しになってるところを、見た覚えがないわ。お父さまもお兄さま方もそうおっしゃってるのに。あいつは絶対に本心を明かさない、家族なのに水臭いって」

「……」

父や兄たちのように高潔な騎士になる努力もせず、社交もせず、街に出ては市井の者と遊ぶ姿に考えなしだと呆《あき》れられこそすれ、秘密主義だなどと言われるなんて思わなかった。魔術学校落第の危機を迎えてすらちっとも勉強をせずにいたせいで「一体何を考えているのだ」と叱られたことは多々あるが、そんなふうに言われているのは予想外だった。

「私もお兄さま方の中では一番リナルお兄さまと仲よしだと思うけど、本音を言って、リナルお兄さまのことが一番よくわからないわ」

「……俺は何も考えてないよ。ただ、おまえや家族みんなが幸せに暮らしてくれればいいと、ずっと願ってるだけだ」

「それはもちろん知っているわ。縁談のこと、本当にありがとうございます」

微笑む妹に別れを告げて、リナルはイトゥリの待つ控えの間へと移動した。

部屋の扉を叩いて中に入ると、イトゥリがやたら大量の焼き菓子や軽食やお茶に囲まれているので、噴き出してしまう。

「すごいもてなされようだな」

「食事は大丈夫だと断ったんだけど、いろいろな人が入れ替わり立ち替わりやってくるから

「……食べきれないよ、申し訳ない」

イトゥリが困ったように笑っている。

その様子を見ていたら、なぜか奇妙なくらいリナルはほっとした。安堵していいような状況などひとつもないというのに、ただ、イトゥリのどこか可愛《かわい》らしい表情を目にしただけで。

「客人として連れてきたら歓待されすぎると思ったから、従者にしたんだけどな」

リナルも笑って、イトゥリと共に伯爵邸を後にした。

◇◇◇

それでも馬車で自分の館に帰る間、帰ってからも、妹の縁談のことや、自分の身の振り方ひとつで壊れるかもしれない家族の幸福のこと、何よりイトゥリのことについて、リナルは考え込むしかなかった。

「元気がない」

イトゥリに声をかけられてはっとなる。

夜になり、湯浴《ゆあ》みや食事もすませて、またイトゥリと眠るために客間の寝台に腰を下ろしたところで、床に目を落としたまま黙り込んでしまっていた自分に気づく。

「ああ……ごめん、何でもないんだ。久しぶりに自分の家に戻ったら、少し疲れてしまって」

隣に座るイトゥリに笑ってみせると、こめかみあたりの髪を宥めるように撫でられた。

「リナルの妹も、従僕たちも、明らかに見た目の違う俺を歓迎してくれて、驚いた」

ヴィクセル家では、特権意識の強い貴族の中ではかなり風変わりなことだが、相手が使用人でも、たとえ虜囚出身の奴僕であれども、理不尽に厳しく接することのないよう教育される。

それはリナルたち家族に対してばかりではなく、使用人同士であっても同じだ。

帝国に連れてこられてからの待遇を考えれば、イトゥリにとってそれは確かに驚くようなものだっただろう。

「きっと、蔑《さげす》まれるものかと思っていた」

言いかけてから、イトゥリが一度口を噤んだ。

「……すまない。リナルの家族なのに」

リナルは首を振って、自分からもイトゥリの目許に触れた。

「俺の家族だから、従僕も含めて変わり者揃いなんだ。だからこの館でも、客間以外のところに出て行っても、何の問題もないと思う」

イトゥリがほとんどの時間を客間で過ごそうとするのは、他の帝国人と顔を合わせた時、またどんな侮蔑を受け、どんなひどい目に遭わされるかわかったものではないからだろう。

この館の中ではあり得ないとしても、一歩外に出ればそういう事態が起こらないはずはないとリナルも知っている。

「この帝国にイトゥリの国よりいい場所があるとは思えないけど、それでも、いずれイトゥリを外に出られるようにする。その方法を、ちゃんと考えるから」

本心からの言葉だったのに、力強く言い切ることができず、囁くような声音になってしまう。何か問うようにじっと自分の目を覗き込むイトゥリの瞳に、リナルも吸い込まれるようにみつめ返した。

日を追うごとに、イトゥリとの距離が近くなる。今では晩餐となれば、ほとんど寄り添うように座って二人きりの食事を楽しむようになった。給仕もいらない。支度のためと後片付けのために客間へ人が入ることも煩わしく思えるほど、リナルにはイトゥリと二人で過ごす時間が必要だった。

自分でも誤魔化しようのないくらい、ときどき我に返って愕然とするような執着を、イトゥリに対して覚えてしまっている。

この美しい異国の青年に触れたいと思う心は、素直に従っていいものなのだろうかと、惑い続けている。

アルヴィドと帝国の関係、互いの立場とか、それ以上にそう思い切れないのは――リナルがこれまで、本気の恋などしたことがなかったからだ。

帝国では当たり前に男は女性と結婚する。同性同士の婚姻は認められないが、そういった秘密の恋の噂《うわさ》が常に囁かれ続けてもいる。面白半分に立てられる噂にリナルは昔からまるで興味がなかったが、それは男女間の恋愛であろうと一緒だ。家を継ぐ必要のない三男であることを常に感謝していた。自分が結婚をして、子を生《な》す想像など一度もしたことがない。周りのお膳立てで何人かの貴族のご息女と仕方なく交際らしきものをしたことはあるし、酒場でいい雰囲気になった女性と一夜限りの恋を楽しんだことがないとは言わないが、焦がれるほどに想う相手とは巡り合わなかった。

（でもイトゥリには、触れたい。触れてほしい）

自分とイトゥリを取り巻く様々な厄介事などすべて忘れて、その欲望に従いたいと思う心が日増しに募ってくる。

「また考えごとを」

自分が知らぬ間に目を伏せてしまったことを、イトゥリの案じるような声で気づく。

「リナルはいつも辛い顔をしている」

俯いて、リナルはまた小さく首を振った。

「辛いことなんて何もない」

イトゥリに比べれば、という言葉は飲み込む。彼の前で、自分が言ってはいけない言葉がリナルにはたくさんありすぎる。

「じゃあ、何に怯えている？」

引き下がることなく、イトゥリが訊ねてきた。

イトゥリの目には、怯えているように映るのだろうか。

「俺に対してではないといいけれど」

少し心外な言葉だった。

「イトゥリに怯えるわけがないって、前にも言っただろ」

「……知ってる」

イトゥリの顔が近くなる。眠る前の挨拶をする時のように、頬に唇が寄せられる。

「最初に会った時から、知ってる、リナル」

だからきっと「怯える」自分を慰めるように、また頬に優しく接吻けてくれるのだろうと期待した。

期待どおり、たしかにイトゥリの唇はリナルの頬に触れたが、それがさらに滑るように唇に移動したことに、リナルは驚いた。

唇の端につけられた相手の唇の感触に戸惑っていると、イトゥリがそれを少し離して、リナルが物足りなく感じる間もなく、今度ははっきりと接吻けだとわかる仕種で触れてきた。

そのまま背中を腕で支えられ、優しく肩を押されて、寝台の上に押し倒される。

内心では動揺しているはずなのに、リナルの瞼は勝手に下りて、イトゥリの頬を両手で挟み、自分からも相手の動きに合わせて何度も角度を変えながら触れる動きを繰り返す。

「リナルとただ抱き合って眠ることが、少し、苦しくて、難しい」

唇を触れ合わせたまま、吐息に混じった声をイトゥリが囁く。

何だか泣きそうな気分で、リナルは瞼を開いてイトゥリを見上げる。イトゥリも同じ気持ちでいたことに、喩《たと》えようのない喜びが湧いてきて、同じくらい胸が苦しい。

リナルだって、毎夜イトゥリを抱き締めて眠る行為が、彼の悪夢を抑えるためだと自分に言い聞かせ続けないと、疚《やま》しさのせいで眠れなくなっていた。

「今の俺には、何の力もないのに。リナルの辛い顔を見たくない。俺のことが、辛い原因だとわかっていても」

違う、と首を振ることはできなかった。否定したところで信じてもらえるはずがない。

「でも俺をこんな気持ちにさせられるのも、イトゥリだけだ」

「こんな気持ち？」

「……触れられて、嬉しい……気持ちいい。もっと、触れてほしい。もっとキスしたい」

照れて隠したり、飾った言葉遣いでは、イトゥリに伝わらないかもしれない。だからリナルは思ったそのままを声に出した。

そしてイトゥリは望んだとおり、リナルの唇を再び塞いでくれた。

あとはもう夢中で、リナルもイトゥリに触れた。唇を唇で食《は》み、舌でなぞり、舌先を擦り合わせ、その感触に背筋を震わせる。

イトゥリの動きは少しの遠慮もなく、自分のやりたいように、そしてリナルの快楽を引き出そうとする淫蕩《いんとう》な仕種で、その目的を果たしていく。

「……っ、……ん……」

息苦しさと気持ちよさに、声が漏れることをリナルは止められない。微かな水音がやたら耳について、そのせいで余計に興奮を覚えてしまう。

本当は何割方か、イトゥリに対する自分の想いは美しいものに対する憧れや、彼の境遇に対する罪悪感、その他の様々な複雑なものが混ざった挙句の思慕や執着なのかと、疑うこともあった。単純に恋心を自覚するのは難しすぎる状況で、もしも自分が先走ってイトゥリにそれを押しつければ、相手は庇護《ひご》されている立場のせいで嫌々ながらに従う羽目になるのかと考えるのが怖くもあった。

だがどちらもまったくの杞憂《きゆう》であったと、リナルは思い知らされた。

イトゥリの仕種は情熱的で、躊躇《ちゅうちょ》など少しも感じられない。

それに自分が相手に対して抱く愛《いと》しさがどんな種類かは、もう頭で考えなくてもわかった。考えごとなどできないくらいに、体の方が反応している。それを恥ずかしいと思う必要もなかった。イトゥリの方も、リナルと同じ状態だったからだ。絡み合う下肢の間で、お互いの昂《たか》ぶりが擦れ合っている。

イトゥリの指先が、リナルの下衣の布を掻き分けて素肌に触れる。湯浴みをすませた体にまとうのはゆったりとした寝間着になっていたから、イトゥリがリナルの昂ぶりに直接触れることには何の障害もなかった。

「……ぁ……」

固くなった性器を指の腹でなぞられ、甘い声が吐息と共に漏れる。イトゥリの仕種は優しく、そして的確にリナルの感じるところを捉えて刺激してきた。先端を掌で撫で、張り出した部分を指で擦られると、無意識に腰が浮いてしまうほど気持ちよく、リナルは無様な声を上げないように手の甲を自分の口に押し当てる。

自分ばかりが甘えているのも申し訳ないし悔しいしで、リナルは自分からもイトゥリに手を伸ばした。邪魔な布を掻き分け、指先に触れたものの熱さと固さで心と体が昂ぶる。イトゥリも自分を求めてくれているのだと、それがはっきりわかることが、嬉しくて仕方がなかった。

再び深い接吻けを交わしながら、お互いの手でお互いの熱を高めていく。同じ速さで擦られ、まるで自慰の延長のようだと思ったのは一瞬だけで、自慰よりもはるかに強烈な快楽に襲われリナルは惑乱した。

「あっ、ぁあ……ッ……、……んっ」

堪えようもなく濡れた声を上げ、身を強張らせて、イトゥリの手の中に吐精する。

「……は……ぁ……」

自分ばかり乱れて恥ずかしい声を上げながら絶頂してしまったことについて、何も考えないようにしながら、イトゥリに触れる手をそのまま動かし続けた。

やがてイトゥリも小さく胴震いして、短い呻き声を上げながら、リナルの手の中で達した。そのまましばらくふたりして荒い息をつき、リナルは自分に身を預けるイトゥリの重さにどうしようもない愛しさと安堵感を覚える。

「可愛らしい……綺麗だ、愛おしい」

イトゥリが想いに足りる言葉がないことをもどかしがるような調子で、リナルに繰り返し告げてくる。

「もっと、こういう時の言葉も、学んでおけばよかった」

心から惜しそうに言うのがおかしくて、リナルは肩を揺らして笑った。

「通じてるよ。——俺も、同じ気持ちだから」

笑った唇に、またキスを落とされる。

「もっと、リナルに触れたいけれど……」

けれど、の続きを待つリナルの腰にイトゥリの掌が触れる。敏感になっている体がそれだけで強張り、そのまま後ろに手を回され、身震いしてしまった。

「準備が必要だ。リナルは、ここに誰か受け入れたことは？」

ここ、というのがどこを指しているのかがわからないほどには疎くない。だがおかげでリナルはイトゥリを正視できず、赤くなった顔を逸らして首を振る。

ふと吐かれたイトゥリの小さな息が、笑いなのか安堵なのかわからず、少し腹が立った。

「愛し合うなら、ゆっくり、時間をかけて行わなくてはならない。俺は少しでもリナルを傷つけたくない」

「……」

リナルは無言でイトゥリの体を押し遣り、その下から這《は》い出ると、相手に背を向けて横になり直した。

「リナル？」

「……ずいぶん手慣れているんだな、イトゥリは」

そう呟いた自分の声が、あまりにも素直に「拗《す》ねています」という響きでしかなかったので、リナルは我ながら驚いたし、猛烈に恥ずかしくなった。

自分がこんなふうに嫉妬するような性質を持っているなんて、今の今までまるで想像もしていなかったのだ。

きっとイトゥリは笑うだろう。拗ねた気分でそう思ったのに、イトゥリは笑ったりせず、後ろから優しくリナルの体を抱き締めた。

「『賢者』から、アルヴィドの恋は、余所《よそ》に比べてずいぶんと寛容で自由であることを教えてもらったことがある。俺の国では、男が男を、女が女を伴侶にすることも、女神様から祝福される」

帝国では、神は婚姻に到らない「同性同士のふしだらな」、しかし「子を生すことのない」

関係は、見て見ぬふりをしてくれる。罰さないというだけで、祝福もされない。

「……イトゥリが王の子なら、跡継ぎが必要なんじゃ？」

「兄たちはたくさん妻と子がいて、俺は末の五番目だし、決まった相手もいなかった。狩りの方が楽しい。ときどき、滾《たぎ》った血を抑えるために、狩りの仲間と交わったことはある」

狩りの延長、ということなのだろうか。自分だって、賭け酒場で勝った時の興奮に煽《あお》られて、上がり目当てで近づいてくる女と一夜を過ごした経験もあるから、わからないとは言わない
――言えない。

「……愛したことのある相手は？」

「幼い頃にその気持ちを抱いた相手もいるが――兄だった。憧れと親愛とを、履き違えていたのかもしれない」

「……年上に弱い？」

イトゥリはやはりリナルより四つ年下の二十歳なのだと、以前聞いた。

探るような質問を重ねるリナルに、イトゥリがさすがに笑い声を漏らした。

「リナルを兄のようだと思ったことはない。救ってくれたことに感謝しているし、きっとリナルの立場では難しいだろうに、俺をここにいさせてくれる優しさと勇気に敬意を持っている。だけど今は、年上なのにまるで子供のように拗ねてるリナルを見て、ただ、愛しさを感じている。とても」

少し拙い言葉が、だがそのせいで、余計にリナルの胸をまっすぐに刺す。

いつまでも背を向けているのは本当に子供染みた態度すぎると反省して、リナルは寝返りを打ち、イトゥリに向き合った。まともに相手の顔を見ることはできず、結局目を逸らしてしまうが。

「この国では結婚は男女とするもので、俺も女性としか恋をしたことがない」

誰かと体の関係は持っても、恋などしたことはないくせにそんな言い回しを選んだのは、何というか少し、見栄を張ったせいかもしれない。

口にしてしまってから、これでは同性であるイトゥリとの関係を拒んでいるように聞こえてしまうかもしれないと、焦った。

だがそっと見遣った先で、イトゥリは笑みを湛《たた》えた表情で、愛しげにリナルを見るばかりだ。

その余裕が、リナルには少し悔しい。自分ばかり子供染みた姿を見せているのが情けなくて、同時に、新鮮な驚きも感じていた。

(恋をするとこんなふうになるのか、俺は)

情けないしみっともないと思うのに、イトゥリの前でそんな自分を隠す気が起きない。

「……嘘《うそ》。恋自体、本当はまともにしたことがないんだ。誰が相手でも心が動かなかった。……イトゥリに出会うまでは」

きっとこんな無様さは、もっと少年の頃にでもすませておくものなのだろう。

だが初めて晒《さら》す相手がイトゥリでよかった。

（イトゥリ以外に見せられる気もしない）

目許に指先で触れるのは、イトゥリの癖なのだろうか。それともアルヴィドでは当たり前の愛情表現なのだろうか。どちらでも嬉しかった。目を閉じると、すぐにイトゥリの唇が目許と唇に当てられることも。

「そうだ、おやすみってどう言うのか聞こうと思ってたんだ」

不意に思い出し、リナルは自然と閉じていた瞼を開いてイトゥリを見た。

「え？」

「ほら、前にアルヴィドの言葉で言ったこと。『おやすみ、良い夢を』って、他にも言い方があるんだな。それも、慣用句みたいな？」

頬にだったが、初めてイトゥリに接吻けられた時だ。まだこうして、二人同じ寝台で眠ることもなかった夜に。

思い出したのか、イトゥリがなぜか小さく笑い声を上げ、身を起こすと、寝台のそばに置いてあった燭台の火を吹き消した。

「イトゥリ？」

部屋を暗くすると、イトゥリはすぐにリナルの隣に戻って寝転び、もう一度小さく喉で笑った。

「あの時の言葉を、共通語で言うと」

「うん？」

「愛しい人。離れるのはとても寂しい」

「――」

イトゥリは自分の照れた顔を見られるのが嫌で、灯《あか》りを消したのだろうか。

でもそれはリナルにとっても助かった。

(何だ。イトゥリも、あの時にはもう)

誤魔化しようもなく顔を熱くせずにはいられなかったから。

7

サグーダからいつまた呼び出されるかと思えば胸の詰まるような息苦しさを覚え、何かイトゥリを渡さないための口実はないかと必死になって考えながらも、その答えが出せない。

（まだ怪我が治らないまま、無理に館に閉じ込めている……という嘘を、どこまで吐き通せるか……）

サグーダに地下牢へと呼び出されて、しばらく経《た》った。それから何の音沙汰もないことに、だがリナルは少しも安心などできない。

イトゥリが「蕃族の化物」と怖れられているのであれば、彼が力尽くで軍に連れて行かれることも、リナルにつれてこいと命じられることもないだろう。それができないからこそ、イトゥリはあの地下牢に閉じ込められていたのだ。

だがいつまでも現状のままでいられるわけもない。何ごともなくイトゥリを館に置き続ければ、それも不審がられるはずだ。彼を奴僕にする目論見《もくろみ》も不可能になってしまった。それができるのであれば、軍に引き渡すよう命じられるに決まっている。

（何か騒ぎでも起こして、それに乗じてイトゥリを帝国から逃がすか――）

だが帝国の領土は広すぎる。ことドレヴァスが皇帝になってからの勢力拡大は凄まじく、近隣十一の国がすべて帝国領として塗り替えられてしまった。特に東西が広く、運河が発達しているから船を使えば移動は楽なのだが、船は軍と一部の特権階級、許可を得た商人しか自由に使えない。乗り込むには身分保障と相応の金銭が必要で、それを準備できたところでイトゥリが怪しまれずに帝国領を抜けられるとは思えない。かといって陸路を行くには時間が掛かりすぎて、要所要所に置かれているだろう検問で兵士にみつかる可能性が高すぎる。

（〝門〟を使えれば話は早いけど、使えるわけもない）

王宮の中枢に、魔術師が長年の苦労の末に作り上げた、移動用の転移門がある。だがその門が使えるのは皇帝の許しを得た魔術師と騎士だけで、無理矢理そこを突破したとしても、転送先の門には軍が待ち受けている。門が置かれているのは軍事的な要所ばかりなのだ。

（捕まりに行くようなものだ。イトゥリが自力で移動できるルートを考えないと……）

南に下れば陸の距離自体は大したことはないが、海を渡った先もまた帝国の支配する植民地だ。そこをリナルの父が治めている。リナルが逃亡を手引きしたと疑われれば、真っ先に探索が及んでしまう土地だ。

リナルはイトゥリが客間で家庭教師の教えを受けている間、自室の執務机に地図を広げて眺めた。

アルヴィドの名は地図上のどこにもない。もともとその手前、帝国の北西にある豊富な鉱山を持つ別の国を制圧するための遠征途中で、そこを攻めあぐねて右往左往しているうちに、空挺部隊が空からの探索でアルヴィドをみつけたのだという。

（一度北から帝国領を抜けて――冬の海を渡りきれるとは思えないから、そこから西に進むしかないだろうけど……山を越えるのが、まず現実的に厳しい）

北には険しい山脈と深い雪の積もった荒れ地が続く。軍もそこを避けて西側から回って海を越えたはずだ。

東西の水路を使う以上に、イトゥリ一人が逃げ切れるとは到底思えなかった。案内や助けが必要だが、怪しまれない要素がない。

（帝国領内でも、どうにか市民に紛れて……労働階級として暮らすことは、できるかもしれないけど……）

果たしてそれはイトゥリにとって幸福なのだろうか。

（たとえ帝国軍に蹂躙《じゅうりん》されたあとだとしても、やっぱり、故郷に帰りたいだろうな）

イトゥリ自身の思いを、だが、リナルは聞けないままでいた。

どれを望むにしろ、イトゥリが自分のそばから離れて生きる道に変わりはない。それを考えるだけで苦しくて、とても平静を保ったまま本人に訊ねることなどできそうになかった。今だって、地図を見る目が痛んで、涙が滲みそうになっている。

（……けど、帝国軍で兵士として戦わせることだけは、絶対にあってはいけない）

イトゥリにそんなことをさせるくらいなら、引き離される辛さを味わう方がはるかにましだ。

考え込んでいるうち、授業を終えた家庭教師が帰っていったと報せがきた。リナルは地図をしまい、客間へと向かった。

客間の机の上には、さまざまな書物が山と積まれている。イトゥリはやはり聡明だ。水を吸い込むように帝国の言葉や知識を日々覚えている。

「他に何か読みたい本があれば探してくるよ」

イトゥリはよほど集中して本を読んでいたのか、背後に回ったリナルが肩を叩くと、驚いたように振り返った。部屋に人が入ってきたことにも気づかなかったのだろう。地下牢にいた頃は子供向けの絵本を読んでいたのに、今は地理や生物学の本を興味深そうに読み進めている。

そこに神学や騎士道について書かれた本も積まれていることにリナルは気づいた。

「イトゥリの国とは全然違うだろ」

帝国にある教えや規範のすべては、皇帝やその一族に尊敬を集め、都合よく人々を動かすために作り上げられていったものだ。アルヴィドでは民を治める王がいても、貴族のように特権を持つ階級はなく、政治は民の選んだ長老たちを含めて行われていたという。

「民が王のために命を投げ出すところが、まず、違うな。アルヴィドの王は民を守るためにその地位にいるものだった」

とてもいい国だったのだろう。イトゥリの言葉に、憧れと罪悪感の狭間《はざま》でリナルは頷く。

(やっぱり、イトゥリをこのまま帝国に置くのは、よくないことなんだろうな)

別れが近いような気がして、リナルはまた苦しくなる。

「——それでもリナルのように優しい人がいるから、この国を憎むことばかりができなくなる」

ぽつりと聞こえたイトゥリの呟きに、リナルは小さく目を瞠った。

「唯一の、それに今の俺にとっては、何よりの幸福だ」

肩に乗せたままのリナルの手に、イトゥリからもそっと触れてくる。

「この国の騎士は王に忠誠を誓っているというだけで、騎士というものは誰かに忠節を誓い、誰かのために戦う戦士のことを言うんだろう?」

たしかにイトゥリの言うとおり、王宮にいる騎士たちはすべて王の騎士だが、領地に行けばその領主に仕える騎士もいるし、個人的に貴婦人に忠誠を誓う騎士もいる。

「ただ、誰もが王に忠誠を誓わなければならないから、結局すべての騎士が王のために死ぬ仕組みなんだ。帝国では」

「リナルも、この国の王に忠心を持っているのか?」

「……」

そう訊ねたのがイトゥリ以外の誰かであれば、リナルは即座に頷いていただろう。帝国で、しかも貴族の身で、王に叛意《はんい》があると捉えられそうな言動は致命傷にしかならない。

「……俺は帝国のやり方、在り方が好きじゃない」

振り向いたイトゥリが何か言おうとするより先に、リナルは俯いて首を振った。

「けど表立って逆らったり、何かを変えようと思って動くつもりもない、日和見《ひよりみ》主義の臆病者だ」

イトゥリは口を閉ざし、リナルのことを黙って見上げている。

「イトゥリのことも、何も顧みずに救える方法があるかもしれないのに――」

「リナルは全部自分の責任みたいな言い方をする」

イトゥリが椅子の上で体ごと振り返った。相手と向き合う恰好になるが、リナルは自分を見上げたままのイトゥリをみつめ返すことができない。

「帝国に生まれたからといって、この国が俺やアルヴィドにしたことをリナルが気に病む必要はない」

イトゥリはいつもリナルを慰めようとしてくれる。自分の傷から立ち直ったわけでもないだろうに。

「俺だって大勢殺した。この国の兵だけでなく、アルヴィドに攻め入ってきた他の者も。それを悔やみはしない」

優しく腕を引かれるままに、リナルはイトゥリの膝の上に座り、相手の体に両腕を回した。イトゥリの体はリナルよりも温かい。鍛えられた筋肉があるから、体温が高いのだ。

（イトゥリといると、甘ったれた気分にしかなれないな）

これからイトゥリがどうしたいのかすら訊ねることができない。こうして二人きりで部屋に居続けられるわけがないと予測はつくのに、寄り添うことがやめられない。

自分の欲深さとイトゥリの体の心地よさに溜息をつきかけた時、あまりに慌ただしいノックの音が聞こえて、リナルは驚いた。この館に、騒々しい物音を立てるような未熟な使用人などいないはずだが。

「失礼いたします、リナル様、おられますか！」

扉越しに聞こえる張り上げられた声は、執事ではない従僕のものであることに、リナルはさらに驚いた。執事以外の使用人が直接主人であるリナルに声をかけるなど、普通は考えられない。

ただごとではないのを察して、リナルはイトゥリの膝から下りて立ち上がった。自分から扉を開ける。若い従僕が青ざめた顔で立っていた。

「どうした？」

「その、ただいま、先触れのないお客様がお越しになられて……」

「客？」

リナルは思わず眉を顰めた。この館に家族以外の客が来ることはないし、たとえその他の者が訪れることがあれば、かならず先触れがある。何の知らせもなく直接館に押しかけるのは、通常ひどい無礼だとされているのだ。

「誰だ？」

「だ、第二皇子殿下でございます」

「――」

全身から血の気が引く思いがした。咄嗟に背後を振り返る。イトゥリも尋常でない空気を察してか、険しい顔で立ち上がった。

「君はここにいてくれ、イトゥリ、俺は下で客を」

「恐れ入ります、ただいま応接間の支度をいたしますので、何卒《なにとぞ》――」

廊下の向こう、階段の方から、日頃冷静な執事の狼狽する声が聞こえてきた。リナルは執事が自分にサグーダが近づいていることを報せるためあえて声を張り上げていることに気づいて、イトゥリの方に駆け戻るとその腕を摑む。

間仕切りで目隠しされた寝室の方へイトゥリを押し遣って振り返った時、サグーダが客間に姿を見せた。

リナルは素早くその場に跪いた。従僕と執事は、恐らく廊下でひれ伏さんばかりに頭を下げているだろう。

「……殿下御自らこのような場所にお運びとは……」

まともな挨拶が浮かばずあやふやな口調で言うリナルに答えず、サグーダは勝手にソファへと腰を下ろした。

「東の国境が破られた」

前置きもなく、サグーダが言う。リナルの脳裡《のうり》に、先刻まで見ていた地図が浮かんだ。海に面した西側と違い、内陸に向け他国のある方だったが、二年前に条約が結ばれ十年の間は互いに攻め入らないことになっていたはずだった。

（そんな条約、誰も信じていなかっただろうけど）

「いくつかの国が結託して、ずいぶん前から機会を窺《うかが》っていたのだろう、実に手際よくキリメアの城塞が制圧された」

陸続きの東側を、帝国は一番警戒していた。攻め込まれたという情報だけならともかく、守りの要となる都市の城塞をすでに奪われたという話が、リナルにはにわかに信じがたい。

「帝国軍の守りは盤石のはずです。なぜそんな侵攻を許したのでしょう」

「敵側に魔術部隊がいる」

簡潔にサグーダが答えた。

「それも我が帝国の魔術を入念に研究した末の対策を取った集団がな。ためしにこちらの魔術部隊をいくつか投入してみたが、ことごとく退けられた。まともに使える魔獣もほぼ残っておらん」

城塞攻略は帝国魔術師の最も得意とするところだった。弓矢が届かなくとも、投石機でも壊れない塀でも、魔術ならば届くし壊せる。そうやって他国を圧倒するのがこれまでの帝国のやり方だったのだ。おそらく軍の動揺はすさまじいものだろう。

だがそれが破られたということに、リナルはさして驚きを感じなかった。

（けど、そうか、それでしばらく何の音沙汰もなかったのか）

キリメア防衛に時間を取られ、サグーダが再びリナルを呼び立てる余裕がなかったということなのだろう。

（……じゃあ、今、この御方がここにいるのは？）

「やはり驚かないのだな。我が国の魔術部隊が破られたことに」

無言で顔を伏せたままのリナルに、サグーダが興味深げな声音で言った。

「軍部も宮廷も大混乱だがな。誰も彼も、特に魔術師は、自分たちが長年編み上げてきたものをこうもあっさり覆されると思ってもいなかったらしい。こちらの攻撃はことごとく跳ね返され、あちらから降り注ぐ魔術に対抗するすべがない」

増長の結果だ。たしかに帝国は魔術を取り入れることで強くなり続けていたが、同じように魔術を使う国が現れるわけがないと高を括《くく》っていた。魔術師が重用されればされるほど彼らの自惚《うぬぼ》れは強くなり、自分たちほど強く、才能のある者が他の土地にいるはずがないと思い込むようになっていったのだ。何の根拠もなく。その上――、

「我が国の騎士たちは魔術に守られ、力を増幅させられていることに慣れきって、それが奪われた時の自分の実力など忘れてしまっているからな」

頭の中で思い浮かべていた言葉と寸分違わぬことがサグーダの口から聞こえて、リナルは驚き、思わず顔を上げた。

サグーダと目が合い、まるでこちらの反応を探るかのようなその眼差しに、身が竦む。

サグーダが、そんなリナルを見ながら、口許には笑みを湛えている。

「今さら自分たちの魔術が、戦術が通用しないという現実を突きつけられて、無様に周章狼狽している。だがおまえだけは、いつかこんな日が来ることを予想していたのだろう？」

「……」

答えられず、リナルは再び顔を伏せた。

(そうだ、そんなこととっくにわかってた。なぜ誰もわからないかの方が不思議だったよ)

それでも、サグーダ——王家の人間がそれに気づいていたとは思わなかった。

「で、だ。おまえにキリメア奪還の任を与える」

あまりにも軽い、まるで世間話の続きのような声音で命じるサグーダの言葉を、だがリナルは半ばで予測していた。

それを告げるためにわざわざサグーダがここに現れたのだろうと理解して、先刻からひどい動悸《どうき》が止まらない。

「私は戦場で使えるような魔術は持っていません」

声が震えないよう必死に自分を律しながら、リナルはきっぱりとサグーダに答えた。

「軍所属の魔術師でも歯が立たなかったものを、図書塔勤務の私如《ご》きが覆せるはずがありません」

強い語調で言うリナルに返ってきたのは、心の底から可笑しそうなサグーダの哄笑《こうしょう》だった。

あまりに大きな笑い声に驚いて、リナルは肩を揺らしながら顔を上げた。

「本当におまえはくだらぬ謙遜をする」

「いえ、決して、謙遜では――私は髪の色もこの有様ですし」

「地下牢で、あの蕃族の枷をどこに捨てた？」

リナルの言葉を遮るように、微笑を浮かべてサグーダが問う。

「兵の腰から鍵を抜き取るくらいの智慧《ちえ》が回らぬほど焦っていたか。あの枷に魔術をかけた魔術師がずいぶん取り乱していたぞ、正しい鍵以外で決して開けることも、壊すこともできない鉄輪であったのにと」

「……」

リナルは言い返す言葉を持たない。

イトゥリをあの地下牢から救い出したことを絶対に悔やみはしないが、怒りに駆られてすぐさま枷を外したことは、軽率に過ぎたかもしれないと、今さら思い知らされる。

「道化のふりは今日以降やめるのだな、リナル・ヴィクセル。おまえの本当の魔術の腕前がどれほどのものか、皇帝お抱えの魔術師にもわからぬと言うが、おまえが隠そうとしたところで、そのマントの下からははみ出すほどだろう」

嫌な汗が背中とこめかみを伝う。汗が出るのに臓腑《ぞうふ》は冷えていた。

「陛下の魔術師は、何か思い違いをしています。私があの虜囚の枷を外したのは、待遇のあまりのひどさに憤ったその時の怒りあってのもので、自分自身でも驚いて」

「ひとつひとつ、おまえの嘘を暴かせるつもりか？　きりがないだろう」

芝居がかった仕種で、サグーダが首を振る。

「産まれた時は妻よりも濃い青碧の髪だとおまえの父が自慢していた。わざわざ父親似の銀髪に見せかける魔術は、まぁおまえには造作もないものだろうが、うまく騙し続けているものだな」

「……」

眩暈がして、うまく息がつけない。

「無能のふりにも飽きただろう、今後は私がおまえを使ってやる。我々王家の者すら欺こうとしたその力、帝国のため存分に振るってもらうぞ」

サグーダの口調は断定的で、反論したかったのに、リナルは何の言葉も口にできない。

（――いつからだ？　いつから、気づかれていた？）

まさか、という驚愕と同時に、やはり、という納得があった。

すべて見抜かれていたのなら、なぜサグーダが奇妙なほど自分を気にかけるのか、説明がついてしまう。

「……私は戦場を恐れる腰抜けです。たしかに魔力は多少、表に見せてきたよりはあるかもしれませんが……」

それでもどうにか最悪の事態を回避したくて、リナルは必死に言葉を絞り出す。

「せっかく殿下に引き立てられ、戦場に連れ出されても、きっと身が竦んで望んでいただいたような働きなど、とても——」

「御託は聞き飽きた」

再びサグーダがリナルの釈明を遮った。

「おまえは並外れた魔術のほかに、立派な武器だって持っているだろう——そら」

サグーダは片腕を持ち上げると、リナルの方、いや、リナルの背後を指さした。

リナルは思わず振り返ってしまう。

「あ……」

間仕切りの陰にイトゥリの姿があった。

イトゥリは黙ってじっとサグーダの方をみつめている。

「ずいぶんと大人しくしているじゃないか、その蕃族は。まるで番犬のようだ」

蕃族でも犬でもない、という言葉を飲み込み、リナルは首を振る。

「怪我を……まだ怪我が治っていないから、あまり動けないだけです」

「そうか？　充分手懐けられているように見えるがな。その立派な手足のどこに傷が？」

リナルはひそかに唇を噛んだ。まさか直接サグーダが来るなどと思いもしなかったから、イトゥリに怪我を擬装させるための包帯など巻いていない。ゆったりとした部屋着から伸びるのは、長くしなやかで、健康的な手脚だ。

「魔術を使わずして言葉で操れるなら、手間もかからずより結構なことじゃないか。あるいは、色香で堕《お》としたか？」

サグーダの声に嬲《なぶ》るような響きを感じて、リナルは頭が灼《や》けるような心地を味わった。自分の目許が熱く、赤くなるのがわかる。

（落ち着け……落ち着け）

挑発されていることは嫌というほどわかる。乗ってやることはない。

「その蕃族が魔術の効かない身であれば、敵方の攻撃にやられることもないだろう。実に都合のいい番犬じゃないか」

リナルは乱れかけた呼吸を整えながら立ち上がり、サグーダの視線を阻むようにイトゥリとの間に割って入った。

「この者を戦場に連れていったとして、他の騎士や魔術師たちに危害を加えない保証はございません。私一人でとても抑えきれるものではなく」

「抑えろ、と言ってる」

低く、だが断定的な口調でサグーダが言い、リナルは思わず口を噤んでしまった。

「その蕃族をうまく使って使命を果たせ。それだけだ。賢いおまえなら私が何を言いたいのかはわかるだろう、リナル？」

サグーダはリナルを見て微笑んでいる。

その優しい声音とは裏腹に、その眼差しと腹の底には計り知れない冷淡さが宿っていた。

「下に馬車を待たせている。必要なものはすべてこちらで揃えてやるから、速やかに乗り込むように。もちろん、その蕃族を連れて来るのを忘れぬようにな」

反論を許す気などないサグーダの言葉に、頷くか、抗ってヴィクセル家の全員に不幸が訪れるかだ。

リナルは項垂《うなだ》れるように深く顔を伏せたまま、サグーダが部屋を出て行くまで動けなかった。

◇◇◇

リナルの短い説明にイトゥリはひとつの質問も挟まず、ただ強い力でリナルの両手を握って、深く頷いただけだった。

「リナルの行くところが、俺の行くところだ」

「……」

堪えきれない涙をこぼしながら、リナルはイトゥリの首に縋《すが》るように両腕を回した。

(もっと早く、イトゥリを逃がす決心をするべきだった)

離れがたいせいで、あれこれと言い訳をつけて躊躇っていただけなのだと、今になってリナルは自分の愚かさに気づいた。きっとやりようなんていくらでもあっただろうに。

「急いだ方がいいんだろう? さっきのあの男は……皇子?」

宥めるように背を叩くイトゥリの手の優しさを感じながら、リナルは頷いた。

「帝国の二番目の皇子だよ。——俺は正直、皇帝よりも、皇太子よりも、あの御方がよほど怖ろしい。すべてを自分の望む通りに動かそうとなさる方だ。どんな手段を使っても……」

「だったら、なおさら急いだ方がいい。リナルの家族を盾に取るようなことを言っていたように聞き取れた」

「……イトゥリを戦場に連れていきたくなんてない」

イトゥリがそっとリナルの背を抱き返していた腕を離した。身を屈め、リナルの顔を覗き込む。

「落とされた要塞は魔術師がいて、でも俺にはあまり魔術が効かないいんだろう? だったら、それほど心配することはない」

「騎士や兵士だっている。魔獣だっているかもしれない」

「俺は戦士だ。戦うことに抵抗はない」

リナルの腕に、イトゥリが気遣うように両手で触れる。

「だが、リナルは違うんじゃないのか」

リナルは首を横に振った。否定のつもりか、肯定のつもりか、自分でもわからなかった。

(国の利益のために、人が人を殺すなんて)

戦いは嫌いだ。人を殺したくない。殺すところも殺されるところも見たくはない。相手が誰であろうと。

どうしてサグーダは、ずっと図書塔の中にいることを許してくれないのだろうか。

「アルヴィドで俺が人と戦うのは、自分や家族、愛する人の暮らしや名誉を守るためだった」

顔を伏せてきつく瞼を閉じるリナルに、イトゥリが告げる。

「俺の国を滅ぼし多くの同胞を殺した帝国のためというのであれば不愉快だが、これはリナルやリナルの大切な人を守る戦いになるんだろう？　だったら俺は、構わない」

きっぱりとした口調に少し驚いてリナルが目を開くと、イトゥリが自分の前に跪く姿がある。

まるで騎士が王の前で、愛する姫君の前でそうするように厳かな空気を湛えながら、イトゥリがリナルを見上げていた。

「イトゥリ・シャーン・アルヴィドは、リナル・ヴィクセルのために戦い、勝利する」

「――」

耐えきれず、リナルは両手で顔を覆った。涙が止まらない。

「そんな誓いをしてほしくない。イトゥリを『使う』ことが嫌だ……同じくらい、魔術を戦いに使うことも嫌なんだ……戦場になんて行きたくない……」

サグーダは両方をリナルに望んでいる。どれだけリナルが嫌がっているかを承知で。

「それがどれほど怖ろしい事態を招くのか、考えるだけで俺は」

イトゥリが立ち上がり、取り乱すリナルの背を再び抱いた。

「大丈夫だ、どんな厳しい戦場だろうと、リナルは俺が命に替えても守るから」

励ますようなイトゥリの言葉に、リナルは肩を震わせ、今度ははっきり否定の意味で大きく首を振った。

「命に替えてもなんて言わないでくれ。俺は自分や自分の家の安寧のためにイトゥリを何かに差し出すような真似を、絶対に、したくないのに……っ」

「わかった、俺も決して、死んだりしない。どんな目に遭おうと死なないのは、リナルだって知っているだろう？」

強張るリナルの心と体を解《ほぐ》すように、イトゥリの掌が背を摩《さす》る。

その仕種が優しければ優しいほど、リナルには辛かった。

◇◇◇

キリメアが敵の襲撃を受けた時、要塞にいた魔術師により真っ先に転移門が封じられた。門を通れるのは一度に数人がせいぜいだが、万が一にも皇帝のいる王宮内に敵が入り込むようなことがあってはならないと考えたのだろう。

騎士たちの案内で王宮の転移門に連れて行かれたリナルとイトゥリは、キリメアに最も近い門に移動してから、再び馬車で要塞に向かうことになった。

「あちらで第二皇子殿下がお待ちだ」

騎士にそう告げられ、リナルはそっとイトゥリの背に手を当てた。

何の変哲もない部屋の真ん中に、淡く青い光を放つ石の門がある。門の向こう側は光で見えない。イトゥリは怪訝そうな顔で、その向こうを見透《みとお》そうとしているかのように視線を投げている。

「『目を閉じて。もしかしたらひどい眩暈や頭痛や吐き気がするかもしれないけど、少し休めば治まるから、落ち着いて』」

リナルの呼びかけに、イトゥリは何を問い返すこともなく、ただ頷いた。

リナル自身、転移門を使うのは初めてだった。土地の地下を走る地脈から莫大な魔力を吸い上げ、何十人もの魔術師たちが長い時間かけて詠唱を続けることで、やっと機能するようになった大掛かりな魔術だ。

こんなことでもなければ、一生涯使うことのなかったものだろう。

「『行こう』」

イトゥリの背を押し、リナルも門の方へ一歩踏み出す。

ただ足を踏み出し、門の向こうに踏み入れただけだ。

まばゆさを避けるためにリナルも目を閉じ、開いた時には、王宮の部屋とは別の景色が目の前に拡《ひろ》がっていた。

簡素だが堅牢な石造りの部屋に、ずらりと騎士と兵士たちが並び、リナルたちに剣や槍の鋒《ほこさき》を向けている。

彼らの向こうには魔術師たちが緊張感を漂わせ、少しでもイトゥリが反抗的な態度を見せようものなら、魔術でどうにかしてやろうと身構えている。

リナルは彼らの殺気立った視線すべてを無視して、優しくイトゥリの腕を叩いた。

「『もう目を開けても大丈夫』」

言われた通りにイトゥリが閉じていた瞼を開いたが、自分たちを取り囲む帝国の人間たちはすべて無視して、リナルだけを見て頷いた。

「『よかった。悪酔いはしてないみたいだ』」

リナルはほっとして呟く。魔術に耐性があるせいだろうか。初めて門を使う人間は、ひどい馬車酔いよりも宿酔《ふつかよ》いよりも悲惨なことになると聞いていたのだが。

「その蕃族に魔術は効かないと報告があったが、〝門〟は使えるのだな」

この場で最も位の高そうな壮年の騎士が、探るような口調で声をかけてきた。

「それに貴様も、初めて〝門〟を使うと聞いていたのに、酔わずにいるようだ」

この場にいる全員がイトゥリのことも、自分のことも、まるで歓迎していないのがリナルの肌に伝わってくる。

きっとイトゥリが帝国の兵士や魔術師に何をしたのか、彼らにも伝わっているのだろう。

（自分たち……帝国側《おれたち》がイトゥリの国に何をしたのかなんて考えもせず）

それでもイトゥリがこの場所に駆り出されなければならないことを考えると、リナルは胸が引き裂かれそうな想いだった。

「サグーダ殿下はどちらに」

騎士の言葉は無視して、リナルは素っ気なく訊ねた。

魔術師の中には、魔術学校や他の場所で見覚えのある者たちがちらほらと交じっている。彼らはイトゥリにというよりも、リナルに向けて懐疑的な眼差しを向けている。劣等生だったリナルが宮廷魔術師であることすら反感を持っていた者たちだろう。

「すでにキリメア近くの砦《とりで》に移動された。もう日が暮れるが、貴様たちも夜の間にここを発《た》ち、夜明け前にキリメアに到着するようにとのご命令だ」

答えた騎士に頷いて、リナルはイトゥリを促し出口へと歩き出した。

「——どうせこれまでの魔術師同様、あいつも無駄死にするだけだろうよ」

誰が発したともわからない囁き声が耳に届く。嘲笑の響き。まるで、リナルが犬死にすれば嬉しいとでもいうような。ここにいるのは宮廷魔術師には選ばれず、かといってキリメアのような要所に配置されることもなかった、辺境防衛を担っている者だろう。歓迎されるとも思っていなかったから、その囁きもリナルは無視した。

門が置かれていたのは小さな要塞で、リナルは先導する騎士について、馬車を待たせているという外へ向かった。

「『仲間なのに、なぜ、リナルに不幸を願うような言葉を投げつけてくるんだ？』」

隣を歩くイトゥリが、怪訝そうにリナルに訊ねた。すっかり共通語を習得したイトゥリにも、誰かの吐き出した嫌味が聞き取れてしまったらしい。

リナルは苦笑するしかなかった。

「『帝国っていうのは、そういうところなんだ』」

その国を守るために、リナルは今から、大切な人を連れて戦いに出向かなければならない。

8

馬車を飛ばし、予定通り夜明け前にサグーダのいる陣に到着した。

陣は急拵《きゅうごしら》えらしき簡素なもので、キリメア要塞からぎりぎり長弓や魔術の届かない距離に矢避《よ》けの板塀が張り巡らされた程度で堡塁《ほうるい》とすら呼べず、その内側にそう高くはない物見櫓《やぐら》が組まれている。

今は夜明け前の薄暗さに加え、立ち籠め始めた朝靄《あさもや》に烟《けむ》って要塞の姿は朧気《おぼろげ》にしか見えない。

櫓から要塞の方を眺めていたサグーダは、イトゥリを連れたリナルがやってきたことに気づくと、目に当てていた単眼鏡を従卒の騎士に手渡して振り返った。

「怖い顔をしている」

強張《こわば》った顔のリナルを見て、ふとサグーダが笑う。

とても笑い返す気も、跪いて挨拶の口上を述べる気も起こらず、リナルはサグーダの隣に立って自分も要塞の方を見遣った。イトゥリは黙ってリナルの斜め後ろに立っている。

サグーダが再び要塞の方へと目を遣った。

「四度目、ゆうべは霧雨に乗じて夜襲をかけたが、今度もことごとく討ち果たされた。防御魔術も攻撃魔術もまるで効かない。要塞の護《まも》りに塞がれて剣も弓も届かない。投石機は魔術の炎に焼かれた。跳ね橋を下ろさせることすらできない。完全に、我々の造った要塞の堅牢《けんろう》さが仇《あだ》になっているな」

リナルはサグーダと同じ方を見遣りながら眉を顰《ひそ》め、目を細めた。四度城に突撃したことで、一体幾人の騎士や兵士、魔術師が死んでいったのか。ここにいてもひどい死臭がする。人ばかりではない、魔獣の屍骸《しがい》もあちこちに転がっているのだろう。

「いっそキリメアを明け渡したらいかがですか。これ以上無為に戦力を投入しても、死人を増やすばかりでしょう」

サグーダが弾《はじ》けるような笑い声を上げ、側《そば》に跪《ひざまず》いていた従卒が驚いたようにびくりと肩を揺らしていた。

「だからおまえを呼んだのだよ、リナル・ヴィクセル。おまえが否と言えば、五度目の要塞奪還部隊が編成されるだけだ。――そのうちそこには、おまえの兄たちや父が含まれるようになるかもしれないな」

「……」

「どうやら敵方は我が国の魔術師たちの詠唱を阻害する魔術を編み出したということらしい。と同時に、キリメア要塞の直下にある地脈の楔《くさび》を奪ったと」

リナルは相槌《あいづち》も打たず、黙ってサグーダの言葉を聞いた。本当は聞きたくもなかったのだが。

「ここでキリメアを放棄すれば、敵方にこの辺り一帯の地脈を掌握される。今高位の魔術師たちがキリメアから地脈を切り離すべく魔術を使っているが、芳しくはないようだ。あちらに図抜けて力の強い魔術師がいるという報告がある。それが敵方の総大将というところだな。おそらく一人の天才魔術師が現れたことで、帝国に刃を向ける端緒となったのだろう」

「……ではその魔術師を排せば、この戦いは終わりますね」

「兵や魔術師はいくら使っても構わんぞ。下で部隊が待っている。じきに翼を持つ騎獣を連れた新たな空挺隊《くうていたい》も到着する手筈《てはず》だ」

すでに五度目の奪還部隊は編成済みということらしい。

「誰も図書塔の管理人の指揮下になんて入りたがりませんよ。日が昇りきる前に終わらせます」

リナルは辞去の挨拶もせず、踵《きびす》を返した。サグーダに背を向け、イトゥリを促して物見櫓を下りる。

櫓の下には、不信感を隠そうともしない騎士や兵士、魔術師たちが、完全武装の状態で待ち構えていた。年若い、おそらくこの部隊の指揮官がリナルの前に進み出た。

「第二皇子殿下より、貴殿の下に付くようにご命令をいただいたが――貴殿は戦闘の経験が一度もない上に、まともな魔術も使えないと聞いた」

転移門を出た時同様にどことなく見覚えのある魔術師たちが、まるで敵に向けるような憎しみの眼差《まなざ》しでリナルを見ている。学校時代のリナルの惨憺《さんたん》たる成績を目の当たりにしてきた者たちだ。

「殿下に死ねと言われれば死にもするが、死に方くらいは選ばせてもらう。我々は貴殿の指揮に従うつもりはない、こちらはこちらで――」

「あなたたちが出撃する必要はありません」

指揮官の声を遮るように、リナルは静かな声で告げた。相手が怪訝《けげん》な表情になる。

「何？」

「私と彼で要塞に向かいます。あなたたちは、ただ邪魔をしないでくれればそれでいい」

「な――」

邪魔、という言い種《ぐさ》が気に喰《く》わなかったのか指揮官の顔が歪《ゆが》むが、リナルは気にせず、イトゥリを振り返った。

「イトゥリ、『武器は必要』？」

訊《たず》ねたリナルを見返し、イトゥリが小さく首を傾《かし》げた。

「『剣があった方が殺さずにすむ』」

イトゥリの返答に、リナルは何とも言えない気分で苦笑して、剣を一振りこちらに寄越すよう告げる。指揮官が苦々しい顔で頷《うなず》いた。

「誰か、剣を」

「蕃族の化物め、貴様に渡す剣などあるものか！」

騎士の呼びかけを掻《か》き消すように、突然、恨みに染め上げられた怒声が響いた。

「あいつにオレたちの仲間が大勢殺されたんだぞ！」

リナルだけでなく、その場にいた全員が驚いたように後ろを振り返る。兵士が一人、憎悪に満ちた目でこちらを睨《にら》みつけていた。

(アルヴィドに攻め入った空挺隊の兵だ)

生き残った中で、腕の立つ者は他の隊に再編成されたと牢番が言っていた。

周囲は戸惑った様子を見せつつも、指揮官を含めて誰も男を諌《いさ》めようともしていない。

「イトゥリ、下がって――」

自分には手出しできないだろうと咄嗟《とっさ》に判断して、リナルはイトゥリを背後に庇《かば》おうとした。

だがそれより先に、男が腰の剣を抜いて、何かわめき散らしながらこちらに突進してくる。

周りの者はそれを止めるどころか、慌てたように跳《と》び退《すさ》っている。

魔術で止めるか。リナルがそう決意する暇もなく、真横を風が駆け抜けた。

何が起きたのか理解するまでに、二、三度の瞬きが必要だった。

襲いかかってきた兵の剣は地面に落ち、その喉元に別の剣の鋒が突きつけられている。

男の向かいで剣を握っているのはイトゥリだった。

「お……俺の剣」

茫然《ぼうぜん》と呟《つぶや》く指揮官の腰には、鞘《さや》しか残っていなかった。あまりに素早く、誰の目にも止まらないほどの動きで、イトゥリが彼の剣を抜き払い、男の手から剣を叩《たた》き落とし、一突きで相手の息の根を止められる位置に鋒を当てたのだ。

「ほら。殺さずにすんだだろう?」

リナルにというより、周囲に聞かせるような調子でイトゥリが言う。

その声を聞いて、リナルは我に返った。

「——ご覧のとおり。加勢は無用ですので」

別の兵士たちが、恐怖で身動きの取れない男を引《ひ》き摺《ず》るようにどこかに連れ去る様子を横目で見つつ、リナルは指揮官に告げた。イトゥリが剣を手にしたまま、リナルの隣へと戻ってくる。

(父さんや兄さんとも、比べものにならない速さだった……)

リナル自身、イトゥリの強さを目の当たりにするのは初めてだ。

予想以上のことに驚きを表に出さないよう平然を装っている間に、少し離れたところで魔術師たちを交えてボソボソと話し合いをしていた指揮官が、再びリナルのそばに戻ってきた。

「部下が失礼した」

大して悪いとも思っていない口調で言いながら、指揮官が要塞のある方に視線を投げる。

「まず長弓の攻撃があるだろうから、跳ね橋までの道の防禦《ぼうぎょ》はして差し上げよう。要塞の地脈を奪われた今、部隊全体を守る魔術は困難だが、貴殿ら二人程度なら守れると私の隊の魔術師が言っている」

　イトゥリの様子に圧倒されたのか、無理についてくる気は失《う》せたようだが、さすがに自分たちばかりが安全圏でのうのうとしていることに多少罪悪感は覚えるのだろう。

「魔術師たちが詠唱を始めている。術が発動するまでに少し時間がかかるから、貴殿らはその間に出陣の準備を」

「必要ありませんよ。時間が経《た》つほどあちらの魔術師が力を蓄えてしまう。もう行きます」

「ま、待て、まだ詠唱が終わらない」

　慌てた様子になる騎士を無視して、リナルは要塞へと続く道を進み出した。背後で少し狼狽《ろうばい》したような調子ながら、防禦魔術の呪文が聞こえている。

「本当に、要らないんだけどな。魔力の無駄遣いなのに」

　彼らには聞こえないように呟きながら、リナルは自分たちの行く先を見遣《みや》った。濃い朝靄の向こうに、要塞内に灯《とも》されていると思《おぼ》しきいくつかの篝火《かがりび》が見えるだけで、そこに到るまでの地面に広がっているであろう惨状がよく見えないのは幸いだ。死臭やまだ生々しい血の臭いに意識を向けないよう、リナルはただ篝火の方だけみつめながら歩いていく。敵はまだこちらに気づいていないようだった。

「――君はまだよく知らないだろうから、魔術の講釈をしようか、イトゥリ」

　イトゥリはいつの間にかリナルを守るように、斜め少し前を進んでいる。その背中に向けてリナルは呼びかけた。

「土地には魔力が地下水のように流れる地脈があって、帝国の魔術が際立っているのはその地脈が豊かだからだ。地脈の流れが集まる場所の上に建てられた王宮は魔力を留《とど》める楔のような役割を持っていて、その上に俺たちも使った転移門が置かれる。あれはとても多くの魔力を必要とするから」

アルヴィドの言葉では説明し辛《づら》いことが多く、共通語で話しているから、イトゥリにどこまで通じているかはわからない。それでもリナルは、周囲の惨状から目を逸《そ》らすように話を続けた。

「王宮以外にも、帝国領内のあちこちに楔が打たれて、魔術師たちはそこから魔力を吸い上げて魔術を使っている。だから帝国の魔術師っていうのは、領土内で最も力を発揮するものなんだ。侵略のために敵地に向かう時も、地脈の流れを探して楔を打って、そこに転移門を造り、陣を張る。さっきまでいた場所にはまだ楔を打つ準備もできていなかったみたいだけど――これから向かう要塞の楔は敵に奪われた。転移門も使えないようにされて、そのせいで帝国軍の魔術師は力のほとんどを発揮できていない」

それも増長の結果だろう。地脈の流れを安定させる楔を扱うには強い魔力と繊細な技術が必要だ。まさかそれを奪われるなんて、要塞にいた魔術師たちは想像もしていなかったに違いない。

（要塞の外側から、相手の天才魔術師とやらにまず楔の制御を奪われたせいで、容易《たやす》く落とされたんだろうな）

相手方の魔術師は楔から吸い上げた魔力を得て、帝国側はろくな詠唱をする間もなく殺されていったのだろう。

「魔術師の体にも魔力が流れていて、それを地脈と結びつけることで強い魔術を使えるようになる。魔術師ごとに魔力を扱える容量があって、どれだけ豊富な魔力が地脈に流れていようとも、それを受け入れるだけの器がなければ大した魔術は使えない。魔力は使えば尽きるし、地脈と結びつけるには時間がかかるから、手っ取り早く補充できるように、あらかじめ自分の魔力を溜《た》めた宝石や飾り剣を持ち歩く魔術師も多いんだ」

高位の魔術師になるほど身に飾る宝石が増えるのは、それを作り出すにもまた力と技術、時間が必要だからだ。リナルのローブにはその宝石ひとつついていない。ローブの下に潜ませた短剣にも、飾りらしき飾りはなかった。

「魔力は呪文によって魔術を形成する。いくら魔力があっても術式を知らなければ魔術は使えないし、逆に術式だけ知っていても魔力を持たなければ魔術は使えない」

「……術式……呪文？」

イトゥリが怪訝そうな声音で呟いたが、リナルの方は見ず、要塞の方に視線を向けたままだ。

「必要なのはまず、自分の中の魔力を励起することと、それを地脈の魔力と結びつけるための呪文。あとはその力で何をするか――戦場であればたとえば防禦壁を張るとか、雷を呼ぶとか、使いたい魔術の種類を宣言してから、それをどこへ向けるかも呪文で指示する。あの敵に向けて雷を打て、防禦壁《ぼうぎょ》であの場所を守れ、っていう具合に詠唱することで、魔術が成るんだ」

一連のやり方が術式と呼ばれるもので、帝国には帝国の流儀があり、今城塞を占拠している魔術師たちは、その術式を無効化するために別の術式を編み出したのだろう。帝国の攻撃魔術は敵に届く前に打ち砕かれ、敵の攻撃魔術は帝国の防禦を貫く。

「詠唱の呪文っていうのがまた長ったらしくて、俺は覚えるのがすごく苦手だったし、魔術学校の授業ではいつも魔術書を見てないと読み上げられなかったな。簡単な魔術なら一言だけど、複雑なものになるにつれて呪文も長くて言い辛いものになる。噛《か》むと詠唱を途中からやり直さないといけないのに、試験だとしょっちゅう噛んじゃって、よく卒業できたよなっていうレベルで」

「それは、おかしい、リナル」

朝靄の向こうに見える篝火が揺らいだ。要塞の方で人が動き出す気配がする。

「リナルは俺の怪我《けが》を治療する時も、枷《かせ》を外す時も、呪文の詠唱なんてしていなかった。俺が聞き取れなかったわけじゃない、リナルは何も言っていなかっただろう?」

「……」

要塞の周囲には水を湛《たた》えた濠《ほり》が巡らされていて、跳ね橋は完全に巻き上げられている。濠には夥《おびただ》しい屍骸が浮いていた。翼のある騎獣で飛び越えようとして、魔術や弓で撃ち落とされた兵たちの姿。

「このあたりの地脈は敵に奪われているから、帝国の魔術師には使えない。だからたとえばあの跳ね橋を下ろすためには、自分の中にある魔力だけを使って刃なんかを作り出して、向こうにある鎖を断ち切るための呪文を詠唱する必要があるけど――その余裕も与えてもらえなかったんだろうな」

呟きながら、リナルは濠の前で立ち止まる。要塞を囲む幕壁《まくへき》に埋め込まれた側防塔《そくぼうとう》の狭間窓《さままど》から、射手がこちらに矢を向ける姿を確認すると同時に、その矢がリナルの頭目がけて降り注いだ。イトゥリが無造作に剣を振り、虫でも払うようにそれを落とそうとしたが、剣に当たる前に弓が勢いをなくして地面に落ちたことに、怪訝な表情を作った。

眉を顰めるイトゥリを見て、リナルは小さく笑う。

「大丈夫、防がなくていい。どうせ届かないから」

リナルは跳ね橋を吊り上げる太い鎖を見上げた。

まるで巨大な鉄球でも叩きつけられたような勢いで、鎖を巻き上げていた滑車が弾け飛んだ。

轟音《ごうおん》と共に、跳ね橋が下りる。

広い濠の上に、橋が渡された。

目を瞠《みは》って自分を見遣るイトゥリに、リナルは小さく微笑《ほほえ》んでみせる。

「俺にはね、呪文なんて必要ないんだ」

　薄れ始めた朝靄を裂くように、足音と鬨《とき》の声が城塞の中から近づいてくる。

「詠唱だの、術式だの、全部関係ない」

　頭上から先刻よりも大量に降り注ぐ弓を、リナルは腕の一振りで自分たちに到達する前に払った。

「俺が望めばそうなるから」

　魔術師には呪文が必要だと知ったのは、魔術が使えるようになった後だった。

　ちっとも呪文を覚えようとせず、魔術書に書かれた言葉をうまく言えない幼いリナルに、魔術師だった母は落胆していたほどだ。

（こんなの、思うだけでいいのに）

　大地の奥に魔力が流れている。人の体に血が流れるように。楔は心臓だ。キリメア要塞の心臓は敵方に奪われている。でも、それが何だというのだろう。

（全部俺が使う）

　流れのすべてを自分が吸い上げるイメージを浮かべる。

　瞬間、楔は敵方でもなく、それを取り戻そうと必死になっている帝国側の魔術師たちでもなく、リナルのものになった。

「わざわざ呪文を使って地脈と自分の魔力を繋《つな》げる、っていうのも、意味がわからなかったんだ。だっていつだって繋がってるから。──繋ぎっぱなしにしておくと、別の魔術師の魔力まで吸い上げてしまうって気づいてからは、意識的に切断するようにしてたけど」

普通の人には、少なくとも母親にはそんなことができないと知って、リナルは濃すぎる青い髪の色と共に、自分の力を隠すことを覚えた。

神意に触れたものは魔術の真髄を知る。

どの魔術書の冒頭にも書いてあり、魔術学校で散々繰り返させられた言葉だ。神意とは魔術の真理。人の力ではとても辿《たど》り着くことのできない、望むだけのものを得られる究極の力。

そのために必死になって新たな呪文を生み出している魔術師たちの姿が、リナルには腑《ふ》に落ちなかった。

(思えば叶《かな》う。魔術の真理なんて、それだけだ)

前方から、剣と槍《やり》を持った兵士たちの姿が見えた。邪魔だな、と思う。邪魔だから止めようとその足許《あしもと》に目を遣ると、彼らの足許が沼のように水を含んだぬかるみに変わる。足を取られた兵士たちが、驚きと混乱の声を上げる。

他の魔術師が同じことをやろうとすれば、詠唱を始める前に、剣で首を斬り落とされているだろう。

「これは──リナルがやっているのか？」

片手に剣を構えたまま、イトゥリが驚きの表情を隠さずに訊ねる。

「うん。本当はこんなことをしなくても、この場所の魔力すべてを吸い上げられる今、俺の視界に入る全員を殺すこともできる。でもそんなことしたくないんだ。……城塞の奥、楔のあるところに相手の一番強い魔術師がいるから、そこまで一緒に来てもらえるか?」

「どこへでも」

イトゥリの返答には迷いがない。

「こちらが楔を取り返したことを知られれば、きっと気を大きくした帝国軍がここに攻め寄せてくる。その前に終わらせたい。一気に駆け抜けたいけど、ちょっと……運動はあんまり得意じゃなくて。ちゃんと守るから、俺の言う方にイトゥリが先導してほしい」

運動はあんまり得意じゃない、という表現がずいぶんと控え目であることに気づいたのだろう、イトゥリが笑って、それからリナルの体を軽々抱え上げた。

「わ……っ」

「行き先を示してくれ」

イトゥリの声を掻き消すように、背後から凄《すさ》まじい叫び声と足音が迫ってきた。

跳ね橋が下りるのを見た帝国軍が攻め上がってきている。地脈を取り返したかどうかなど関わりなく、ただ要塞に入れることに勢いづいた様子で。

「……ッ、ごめん、急いでくれ、イトゥリ」

リナルの魔術で身動きが取れなくなった敵兵たちが、このままでは嬲り殺しになる。

イトゥリは頷く間も惜しむように、リナルの指さす方向へと駆け出した。

（強い力を持つ魔術師の気配が、多分、地下にある転移門のそばに――）

降り口を探している余裕はない。リナルは目についた壁を魔術で破壊した。壊れる姿を思い描くだけで、まるで重たい破城鎚《はじょうつい》に打たれたように、石壁が崩れていく。

「あそこに階段が」

イトゥリに告げる途中、頭上からすさまじい魔力を感じた。顔を上げると、巨大な光の球が宙に浮かんでいる。敵側の魔術師たちが結集して生み出したものだ。

光の球が一瞬収縮し、次の瞬間、針のように細い矢となってリナルたちの方へと降り注いできた。

「――」

リナルは悲しい気分で、ただ両手を上に掲げた。

おそらく彼らの精一杯の力、精一杯の魔術、けれどもリナルは瞬時にそれを解体し、純粋な魔力へと戻して、自分の中に吸い込んだ。

帝国の魔術師がこれを撃ち込まれたのであれば、ひとたまりもなかっただろう。魔術防壁の編み目をくぐるように作られた矢が体を貫き、声を発する間もなく絶命したはずだった。

（魔術じゃ俺を殺せない）

城塞の上に固まった魔術師たちの魔力が枯渇したことがわかる。

次には再び本物の矢が放たれるが、リナルはそれもすべて払い落とした。

「——化物だ……！」

誰かが怯《おび》えたように叫ぶ声が聞こえた。別に何と言われてもいい。

背後では、文字通り泥沼の殺し合いが始まる気配がする。

リナルは一番強い魔術師の気配を追って、イトゥリと共にそこを目指した。

◇◇◇

敵の指揮官らしき魔術師は、たった一人転移門のある部屋で、その下に穿《うが》たれた魔力の楔の主導権を取り戻そうと足掻《あが》いていた。

リナルたちが近づいたことにはすでに気づいていたらしく、部屋に足を踏み入れた途端、先刻頭上から降り注いできた魔術の矢よりも鋭く、素早い攻撃が襲いかかってくる。

だがそれも、リナルは何の苦もなく自分の魔力に取り込んだ。

「……!?」

相手は皺《しわ》だらけの顔と長い白髪を持つ老人だった。自分の放った魔術がやすやすと奪い取られたことが信じられない様子で、愕然《がくぜん》と目を見開いている。

彼の力は、たしかにリナルが知る帝国のどの魔術師よりも強いものだった。誰より多くの魔力を体に蓄え、誰より複雑な攻撃魔術の呪文の研究をしてきたのだろうけれど。

「馬鹿な……」

「本当に申し訳ないけど、あなたたちに勝ち目はありません。投降してください」

「――冗談を言うな！」

リナルの説得に、老魔術師は強い反撥《はんぱつ》を示した。

「ここに到るまで、我々がどれほどの時をかけたと思う！　私がこの力と魔術の何たるかを得るまでにどれほどの苦難を乗り越えたと思う！　私が失われれば帝国を打ち倒す機運も失われるんだぞ！」

帝国の長い魔術の歴史や知識に頼らず、ここまでの力を得たのだとすれば、きっと相当な苦心と時間が必要だったのだろう。

（……でも、そうか。それでも、駄目なのか）

男を捕らえるかと視線で訊ねてくるイトゥリに小さく首を振り、リナルは仕種で彼の構えた剣を下ろさせた。

「あなたほど力があるのなら、わかるでしょう。魔術で私に打ち勝つことはできません」

「ああ、わかるとも！」

どうにか相手を落ち着かせようと静かな声で語りかけるリナルに、老魔術師はさらに激昂《げきこう》するばかりだ。

「貴様こそ、それだけの——私などを軽々超える力を手に入れながら、なぜわからない！　帝国は魔術を振《ふ》り翳《かざ》してすべての人間を踏《ふ》み躙《にじ》っているのだと！　今この世界を糺《ただ》さなければ、あのドレヴァスという悪魔の横暴を許し続ければ、やがて帝国の民すら血に染め上げられるぞ！」

「……」

「聡明《そうめい》さと清廉さを持て！　魔術は神に与えられた力だと、貴様ほどの魔術師であれば知っているだろう。貴様もこちら側に来るべきだ。ドレヴァスなど怖《おそ》れることはない、我々が守ってやろう」

老魔術師の言葉を、リナルは悲しい気分で聞いた。

「それで、帝国の皇帝と魔術師を倒して、次にはあなたが人々を魔術で押さえつけるんですか」

「な……ッ」

老魔術師の顔が怒りに赤く染まる。

「私は、帝国の思い上がりを打ち砕くためにここにいるのだ！」

「魔術を結局戦いの道具としてしか使えないのなら、やっぱり同じことだ」

諦めの心地で、リナルは相手を見遣った。

どれほど高潔な思いを抱いていたとしても、魔術を戦いの道具としてしか使えないのであれば、結局王がドレヴァスから別の者に挿《す》げ替えられるだけの話だ。城塞の前で死んでいた夥しい帝国兵の屍骸を思い出し、今も生み出されているであろう死体を思って、リナルは心の底からうんざりした。

「所詮ドレヴァスに阿《おもね》る卑劣漢か！　貴様のような輩《やから》にこれ以上の魔力を与えるわけにいかない――」

おそらく彼の全力をもって、老魔術師による攻撃魔法の詠唱が始まる。

だがその声は不意に途切れた。

「終わったのか？」

リナルが何をしたわけでもないのに、糸が切れたようにその場に崩れ落ちた魔術師を見て、イトゥリにももう状況が飲み込めているようだった。詠唱すらいらないリナルの魔術が、彼の意識を飛ばしたのだろうと。

「うん。――彼を連れて外に出よう。指揮官が捕まったとわかれば、戦いを止められるかも」

リナルの言葉に頷き、イトゥリが気を失った魔術師を軽々抱え上げる。

下りてきた階段を上り外に出てみたが、誰も、とてもリナルの言葉に耳を貸せるような状況ではなかった。

（駄目だ、興奮状態がひどすぎて、全員眠らせることまではできない）

殺すなら相手の姿が視界に入っていれば充分だが、大人しくさせるなら相手の目を覗き込まなければならない。さすがに城塞にいるすべてに対してそれをやることまでは、リナルにも難しい。

「イトゥリ、サグーダ殿下のいる場所に戻ろう」

自分に無理なら、サグーダに止めてもらうしかない。イトゥリはすぐにリナルの意図を察したらしく、辺りを逃げ惑っている馬を捕まえ、鞍《くら》にまずリナルを乗せた。その後ろに、魔術師を肩に担いだままイトゥリが飛び乗る。

馬は三人分の重みを嫌がって嘶《いなな》いたが、イトゥリが何か声をかけながら軽く胴を叩くと、諦めたように乱戦が繰り広げられる道を走り始めた。

（これこそ、魔術みたいだ）

馬に舐《な》められてまともに乗馬が成功したことのないリナルは、そんな場合でもないのに感心してしまう。

イトゥリに急《せ》き立てられ、馬は狂ったように走り続け、間もなく陣へと戻ってきた。

サグーダはまだ櫓の上にいるらしい。

「イトゥリ、先に魔術師を連れて櫓の上に――」

馬から下ろしてもらい、息を切らしながらリナルが言った時、細いものが風を裂く音がした。

「え？」

音より早く、リナルを庇うように動いたイトゥリの腕に、矢が二本連続で突き立てられる。

「イトゥリ！」

軽く眉を顰めたイトゥリが、大丈夫だというように頷く。リナルが頭上を見上げると、サグーダが片手を挙げ、矢を構えた護衛の騎士を下がらせるところだった。

「何を……！」

「その蕃族が敵に見えたようだな」

サグーダが指示したことではないようだが、櫓を下りてくるサグーダは悪怯《わるび》れもしない。

「鏃《やじり》に毒が塗ってあるぞ」

「……ッ」

リナルは反射的に、矢の突き立てられたイトゥリの腕に触れた。

「ごめん……！」

魔術を助けに使って力尽くで鏃を抜き取りながら、一瞬で毒を浄化し、傷口を塞ぐ。

サグーダがそれをどんな顔で見ているのかまで、意識を向ける余裕もなかった。

「大丈夫だ。もう痛くもない」

自分に毒が回ったかのように蒼白《そうはく》な顔色になるリナルの背中を、イトゥリがそっと叩く。

それで我に返り、リナルは罵倒を堪《こら》えてサグーダに向き直った。

「敵の魔術師です。もう彼らに勝ち筋はない、戦うだけ無駄だ。みんなを止めてください！」

サグーダの言うことなら帝国軍は聞き入れる。卑怯《ひきょう》だろうが、敵も自分たちの司令官の身と引き替えならば、戦いを止《や》めてくれるだろう。

(得意だろ、何かを盾に取るのは)

そう言ってやりたい言葉も飲み込む。

「ふむ」

サグーダは地面に転がされている魔術師を見下ろすと、顎に手を当てて、何か思案するような表情になった。

何をしているのかと、リナルは焦る。

「殿下、お早く――」

「起こせ」

自分に命じられたのかと思った。だがリナルが魔術を解いて相手を目覚めさせるより先に、イトゥリに矢を射かけた従卒が魔術師の肩を摑《つか》んで身を起こさせた。

「生かす理由がわからんな」

「え?」

サグーダは腰の剣を鞘から抜き出すと、無造作に魔術師の首を斬り落とした。

呻《うめ》き声も立てず、血泡を噴いて、魔術師が絶命した。

「――」

「お手柄だ、リナル・ヴィクセル。よくやった、おまえこそキリメア奪還の英雄だ」

自分に微笑みかけるサグーダに、リナルは返す言葉もない。

立ち尽くすリナルを後目《しりめ》に、サグーダはリナルたちを乗せてきた馬の端綱《はづな》を摑んだ。身軽に鞍に跨がるサグーダに、従卒が魔術師の首を丁重に手渡す。

戦いの続く要塞へと、サグーダが駆け出した。従卒たちも自分らの馬に乗り込みそれに続く。

櫓の上から銅鑼《どら》の音が狂ったように打ち鳴らされた。

「魔術師リナル・ヴィクセルが、敵の司令を討ち取ったぞ――」

リナルはただ、悪い夢を見ている気分だった。

9

自分に英雄などという言葉が冠される日が来るとは思わなかった。

王都に戻る頃には、『キリメア奪還の英雄リナル・ヴィクセル』の名が轟《とどろ》き、休む間もなく凱《がい》旋《せん》パレードに引き摺り出された。

ヴィクセル伯爵邸で待ち構えていた、任地や休暇先から大急ぎで帰還してきた父や兄たちに口を極めて絶賛され、妹も感激に泣くばかりで、彼らに対してもどんな顔を作ればいいのかわからずに、「悪いけど疲れたから」と告げて、自分の私室に引っ込んだ。

だが休むことは許されず、毎日毎日、あちこちで行われる祝賀会だの夜会だのに引っ張り出された。王宮で皇帝直々に褒賞や労《ねぎら》いのお言葉をいただくとなれば、疲れているからと断ることもできず、滑稽なほど飾り立てられ、大広間に引っ張り出された。

何ひとつ嬉《うれ》しいわけがない。自分が見世物になっている間、一人で館にいるイトゥリが気懸かりなだけだった。

キリメアでリナルの側に寄り添っていたイトゥリの存在はなかったことにされているらしい。英雄・魔術師リナルはたったひとりでキリメア奪還のため要塞に向かったと、吟遊詩人たちがありもしない活躍や死闘を捏造《ねつぞう》して歌にして、帝国中――その外の国にまでばらまいている。

（何が英雄なものか）

ついでに死闘を覚悟した勇敢なる騎士や魔術師たちも英雄リナルの後に続いたと詠《うた》われているが、実際には仲間を殺され、煮え湯を飲まされた恨みを晴らすために、地脈の力を失ってなすすべもない敵の兵や魔術師たちを嬲《なぶ》り殺しにしただけだ。

追討は絶対にやめてくれとサグーダに頼んだはずなのに、聞き入れてもらえなかった。いや、サグーダは約束通り、砦《とりで》を取り戻した後は敵の追討をしないよう騎士たちに告げたが、耳を貸す者はいなかった。

（サグーダ殿下もそんなことはわかっていただろう。……俺だって）

王宮でも城下町でも狂ったような祝賀のお祭り騒ぎが続くのは、キリメア奪還のために投入された大量の騎士や兵士、魔術師たちが死んだという悲劇を薄れさせるためだ。間違いなくサグーダの計算だろう。

連日続いた王都を挙げての狂乱がようやく収まった頃、イトゥリを騒ぎから遠ざけておきたい一心でヴィクセル伯爵邸で過ごしていたリナルは、ようやく自分の館に戻った。

出迎えに来た執事や従僕たちの後ろにひっそりと立っているイトゥリの姿を見たリナルは、それだけで体の力が抜け、座り込んでしまいそうなほどに安堵《あんど》した。

実際、疲れ果ててよろめいたリナルの体を、執事たちの間をすり抜けたイトゥリが素早く支えてくれる。

「俺が部屋に運ぶ」

リナルを抱きかかえながら言うイトゥリに、異議を唱える者も、少しでも顔色を変える者もいない。イトゥリは主《あるじ》不在のこの家で、使用人たちの信頼を得ているのだろう。それがわかったことで、リナルは何だかやけに元気が出てくる気がした。

「ごめん、ひとりにして」

遠慮なくイトゥリの腕に体重を預けながら呟く。イトゥリが微笑んで首を横に振った。

「何の不自由もなかった。リナルがいないのは寂しかったけれど」

「……俺も……」

部屋に辿り着くまで我慢できずに、階段の半ばでイトゥリの首に腕を回す。イトゥリがリナルの望みに気づいたように――あるいは自分がそうしたかったのか、唇に唇を落としてくる。お互い吸い寄せられるようにキスを繰り返しながら、ようやくリナルの私室に着いた。

イトゥリはリナルを寝台まで運び、丁寧な仕種で座らせてくれた。リナルはイトゥリの袖を引っ張って自分の隣に座らせ、気がすむまで長いキスを続ける。

さすがに苦しくなってきて、まだ完全に満足したというわけではなかったが名残惜しい気分で唇を離し、イトゥリの体に寄りかかった。イトゥリが肩を抱いてそれを支えてくれる。

「……さんざんご馳走《ちそう》を出されたけど、ろくに食べられなかったし、食べた気もしなかったよ。馬鹿みたいに縁談も舞い込んできたけど、全部断って――」

話す間、イトゥリの唇が目許や耳許や首筋に当てられる。心地よさとくすぐったさに、リナルは小さく笑い声を立てた。

（サグーダ殿下や皇太子殿下に姫君がいなくてよかった、いたら確実に結婚させられていただろうな。何の褒美にもならないし、むしろ、苦痛でしかない）

今しっかりと自分を支えてくれているこの人以外に、一体誰に想《おも》いを寄せられるというのか。

誰に触れても触れられても、きっともう自分は何の喜びも得られないのだろうとリナルは思う。

「王宮に呼ばれて、地位でも金でも土地でも何でも欲しいものを与えると、皇帝から言われたんだ。地位も金も要らないけど、ひとつだけ望んでいいなら、俺はイトゥリの自由を求めようと思う」

イトゥリの動きが止み、リナルをじっと見下ろしてくる。リナルはそれを見返して微笑んだ。

「大勢の貴族や騎士たちの前だったから、その場では言えなかった、ごめん。変に騒ぎになるよりは、後日人の少ないところで頼みたかったから」

イトゥリの存在は宮廷で誰にも知られていなかった。わざわざそれを明るみにして、今さら空挺部隊の兵士や魔術師を殺した罪が問われるようになれば厄介だ。

「サグーダ殿下がなぜイトゥリの世話を俺に命じたのかっていうのも、わからないままだし。ただ、多分、殿下は……」

「リナルを自分に従えたいのだと思う」

自分が言《い》い淀《よど》んだことをイトゥリに言い当てられ、リナルは浮かない気分で頷いた。

「うん……あの御方は、俺が隠していた魔術の力に気づいていたようだから」

サグーダ自身に魔術の素養はない。彼の近くにいる高位の魔術師の誰かが気づいて、サグーダに教えたのだろうか。たとえ帝国最高位の魔術師ですら自分と同じことはできないだろうが、自分の潜在能力を見抜く程度の実力はあるのかもしれない。

「今回のような時に使えるように、手駒《てごま》として持っていたかったんだろうな。だとしたら、イトゥリの自由を強く求めるようなことをすれば、逆にそれを盾に今回以上の無理強いをされるかもしれない。それも避けたかったんだ」

家族を人質に取るような真似《まね》をしたように、今度はイトゥリの安全をちらつかせて、リナルに言うことを聞かせるようになるだろう。

（サグーダ殿下のいないところで、皇帝から直接、イトゥリに関して許しをもらわないと駄目だ）

さすがに皇帝自ら決定したことを、サグーダが覆すことはできないだろう。皇帝にとってはリナルがなぜ一介の捕虜の自由など求めるのか理解できないだろうが、拒む理由もないはずだ。必要なら他の捕虜も自分の館やヴィクセル家で雇い入れる建前で、大勢解放してもらえばいい。

そんなことを考えて、リナルは苦痛でしかない祝賀の時間をやり過ごしていた。

「もう少しだけ待っていて……二度とイトゥリまで戦場に出向かなくていいようにしてみせるから――」

イトゥリに告げながら、リナルはその体の温かさに安心して、いつの間にか眠りに就いてしまっていた。

◇◇◇

図書塔の管理人としては、本格的にお役御免になってしまったらしい。

これまでのような簡素なローブの代わりに、蒼銀《そうぎん》の縁取りと目に痛いほどの宝飾で飾り立てたローブを着ることを許され、リナルは宮廷魔術師の中でも皇帝付きに次ぐ最上級の地位に据えられた。

与えられたのは地位のみで役職はまだ不定だったが、祝賀会が落ち着いた後も宮廷の魔術師塔に足を向けなければならなかった。他の魔術師から教えを請われる立場になったのだ。

「それほどの実力をお持ちであるのに隠されていたとは、何とも奥ゆかしい」

魔術師塔ですれ違い、大袈裟《おおげさ》なほど称賛してきたのは、いつか図書塔の梯子《はしご》から足を滑らせるふりをした時にリナルを助けた男だった。

「まったくうまく皇帝陛下に印象付けたものだ。その手腕も伝授いただきたいものだな」

露骨な嫉妬に歪んだ笑みを自分に向ける相手に、リナルは返すべき言葉を捻《ひね》り出すのも億劫《おっくう》だった。

「あなたほど真摯に研鑽《けんさん》を積んでなおここに到れないのであれば、私に教えることなどひとつもありませんよ、グラン卿」

「……ッ」

顔中を歪めて自分に背を向ける相手に、「やってしまったな」と思いながらも、取り繕うことができない。

彼のように図書塔にいたリナルを下に見て軽んじ続けていた年長の魔術師たちは、その眼差しにやはり明らかな嫉妬を滲《にじ》ませ、上辺だけはリナルを褒めそやした。

陰に日向に中傷染みた言葉を投げかけながらも、魔術師たちはリナルがキリメア要塞で見せた魔術について知りたがった。特に、相手の魔術攻撃を純粋な魔力に戻して自分の中に取り込むやり方を。それができれば、たとえ再び敵に強力な魔術師が現れようとも、怖れることがなくなる。あとは数を頼りに、力でねじ伏せればいいだけだ。高度な術式も複雑な詠唱も必要ない。

「あの時は、夢中で……自分でもどうしてあんなことができたのか、わからないんですよ」

リナルはそう言い張るしかなかった。実際、どんな術式で、どんな唱文を使ったのかは答えようがない。ただそう願っただけと言っても、魔術師たちは信じなかっただろう。

試しに真実を話してみたところで、自分の手柄のために隠しているのだと邪推され、恨まれるだけだった。

そのうえサグーダに呼び出され、次の戦いにも最前線で出るように命じられてしまった。

「キリメアの英雄を出し惜しんでいては、私が批難を免れないからな」

満足げなサグーダの顔を、リナルは正視することができなかった。

魔術師ばかりでなく、宮廷に出入りする官僚たちにも第二皇子の『お気に入り』だと揶揄《やゆ》され、自分以上の利権を得るのではと妬まれて、くだらない嫌がらせをされることが増えた。逆に、サグーダに取り入る道具にしようという目論見《もくろみ》を見え隠れさせながら媚《こ》びられることも。

宮廷にいる間は少しも気が休まらず、自分の館に——イトゥリのそばにいる時だけがリナルの安らげる時間だ。

「図書塔で呑気《のんき》に好きな本を読んでいられた時間が懐かしいよ」

宮廷でどんな豪華な料理を饗《きょう》されようとも、ろくに喉を通らないし味もわからない。なのにイトゥリがそばにいてくれれば、ただの水ですらどんな美酒にも勝る味に感じられるのだから、人の心は不思議だなとリナルは思う。

「泣き言ばかりでごめん。……イトゥリがいてくれて、本当によかった」

イトゥリと床に並べた夕食を取るのも久々だった。食べるよりもイトゥリに凭《もた》れるようにその温かさを味わう方を優先しながら、リナルは溜息交《ためいきま》じりに呟いた。

「ひどい顔色をしてる」

リナルの髪を撫《な》で、心配そうにイトゥリが言った。その肩に顔を埋めたリナルには、イトゥリの温かさだけがこの世で唯一の救いであるような気がしてくる。

「……キリメアからずっと後悔してる。他に方法があったんじゃないか、俺がもっとうまくやれれば、あんなに人が死ぬこともなく……これからも……」

「リナルが悔やむことじゃない。魔術で何ができるのか、俺にはまだよくわからないけど、リナルがああしたおかげで戦いが終わったことはたしかだ」

「……」

イトゥリの言うことも正しいのだろう。自分がキリメアに行かなければ、より多くの兵や魔術師が要塞に差し向けられたはずだ。

「けど俺が魔術の可能性を見せてしまったせいで、この先の戦い方を変えてしまったかもしれない。魔力で造った炎だの雷だのをぶつけるだけの単純な戦いなら、被害もそれほどひどくはなかったのに。帝国の魔術師たちの力なんてたかが知れていたんだ。でももっと大きな力が使えると気づけば、自分たちもそれを得ようと必死になる」

そうならないよう、決して戦場になど出たくなかったのに。

「キリメアに攻め込まれたように、これからは帝国以外でも魔術を扱う国が増えて、より悲惨な殺し合いになっていくかもしれない。……魔術なんて、本当は人が持つべきものじゃなかったんじゃないかな。少なくとも俺はこんなにも怖ろしい力が欲しいなんて思ったことはないよ。決して使わないようにするために、ずっと無能な魔術師に見えるようにしてきたのに……」

「だが、魔術は人を救うこともできる」

悔やむばかりのリナルに、イトゥリが言う。

「俺はリナルのおかげで傷を癒やされて、こうしてここにいる。あの牢で手脚が腐り落ちて死んでも不思議はなかったのに」

「……うん。それだけは、唯一感謝できることだと思う」

だからすべてを悔やめないし、恨めない。

「使い方次第で、本当は大勢を救うこともできるんだろうな。俺ももっと幼い時は、自分がそのための力を与えられたんじゃないかって信じようとしたこともあるんだ」

悪いことばかりではないとわかっている。浄《きよ》められた水は人々の生活を潤し、医者の薬だけでは治せない傷を癒やす。人間の力ではどうにもならないことを解決するために神から与えられた恵みが魔術なのではと、そんなふうに考えていた頃もあった。

「けど、帝国では無理だ」

この国では、強い力を持つ魔術師ほど野心も強くなる。人を助けるためではなく、いかに自分が甘い汁を吸うかしか考えられない仕組みができあがってしまっている。

それを最初に思い知ったのは、ほんの少しだけ希望を持って魔術学校に入った時だ。学校の中ですら、すでに政争が始まっていると知ってしまった。いかに自分が優秀かをひけらかし、金になる魔術を編み出し、それを自慢し合う。誰も本当の意味で民のために魔術を使って国に尽くそうなどと考えてはいなかったのだ。

だから全部諦めた。

力のないふりをして、無能な魔術師として生きるのが、リナルにできる唯一のことだったのだ。

「グラスに一杯の水は一人の喉を潤すけど、濁流になれば大勢を殺す。魔術はきっと、人の手に余る力なんだよ」

皇帝はリナルの力を知って、いよいよ大陸統一の構想を声高に言い始めた。武力と魔術によって帝国の力を知らしめ、〝持たざる者〟たちを自分が導くと。

キリメアに攻め込んだ国々に対する報復の準備も始まっている。〝次の戦い〟が間近に迫っているのだろう。

自分こそ濁流に呑《の》まれている気分で、リナルは喘《あえ》ぐような呼吸の代わりに、ただイトゥリの体に縋《すが》った。

◇◇◇

しばらく保留になっていたリナルの職は、帝国内の魔術研究所に決まったらしい。

「新しい戦術的兵器研究の責任者……ですか」

再びサグーダに呼び出され、そう命じられたのは、魔術師の集まる区域にある建物の前だった。図書塔からは遠いものの、同じくらい外れにある一画だ。

「ここでは今の館からはさらに遠くなるだろう。翼棟の一室を与えるから、今後はそこに移り住むといい」

従者も連れず、リナルにも一人で来るよう命じたサグーダが、堅牢な造りの研究棟を見上げながら言う。

翼棟は王のいる宮廷に直結して建てられた、国の要人のための公邸だ。一室と言うが、そこにリナルの今の館すべてを合わせても足りないほどの部屋数と広さがある。

「……破格の対応ですね」

「相応だと思うがな。おまえには、これからの帝国の歴史を塗り替えるほどの偉業を達成してもらわねばならん」

ここのところ感じ続けていた空気のヒリつきが、より強くなる。今まで生きていた中で最も厄介な予感。

「父が皇帝の座に就かれてから、禁を破り推し進めるようになった研究は知っているな？」

リナルは頷いた。帝国歴の恥だと心から感じているものだ。

「魔獣を兵器として使おうとする魔術ですね」

最悪の予感は当たっていたのだろう。というよりも、他に思い付かなかった。

魔術師たちは自分が戦場に出るよりも、魔獣にその肩代わりをさせる方が楽な上、成果も大きいことに、現皇帝ドレヴァスのせいで気づいてしまった。

「そうだ。三年前の実戦投入からそれなりの実績は上げているが、確実性がない。強制的に与えた魔術で一時的に力は強化されるが、魔獣には人ほどの知能がなく、制御が難しいからな。唯一、翼を植え付けられた魔獣が、敵地へと一気に攻め込むために便利だというくらいで」

魔力で殺傷能力を高めた魔獣を使うことで、敵の多くを殺しただろうが、それを扱う魔術師や兵士も大勢命を落とした。うまく制御することに成功すれば名声を得られるため、魔術師たちは挙《こぞ》ってその研究を進めていたが、「本当に使い物になるのか」と懐疑的な者もいる。

リナルはたとえ人間の敵である魔獣が相手だろうが、兵器として使うこと自体に嫌悪感しかなかった。

命を弄《もてあそ》ぶような真似が正しい行いとは思えない。

「魔術の植え付けに成功するのは、半分の確率がせいぜいだ。そのうえ、魔獣を捕らえる時にも死人が出る。なのに一度の戦闘でほとんどの魔獣が死ぬ。これではいかにも効率が悪い」

「私がその研究をしたところで、成果に変わりはないと思いますよ。魔獣の魔力と人の魔力は性質が違うものだから、相性が悪い。血を失った人間の体に別の人間の血を与えても、うまくいくことが少ないのと同じです」

「ほう。他の魔術師たちが何年もかけて辿り着いた結論にすぐ気づくとは、さすが英雄リナルだな」

「……」

効率などという表現が不快だったあまり、余計なことを言ってしまった。他の魔術師の報告書を見たと言い訳したところで、研究に興味を持っていたことにされてしまうに違いない。リナルは黙るしかなかった。

「おまえの言うとおり、最近では魔獣にさらなる力を与えて兵器にすることは難しいのではという論調になりつつあるようだな。長らく禁忌魔術とされていたのも、そもそもうまくいかなかったからではないかと」

過去の帝国の魔術師もそこまで愚かだったとは思いたくないが、否定もできない。リナルにはやはり、神が人に魔術を与えたのは間違いだったのだろうと、改めて思うばかりだ。

「そこで、だ」

思わせぶりに言葉を切るサグーダが何を言い出すのか、聞きたくもない。

それでも立場上耳を塞いで逃げ出すわけにもいかず、リナルは皇子の隣でただ密《ひそ》かな溜息を吐《つ》いた。

「魔獣に人の魔力が合わないのであれば、人で試すのはどうかという話になってな」

「――え?」

聞き間違いか。リナルは自分の耳を疑いながら、サグーダを見た。

サグーダはリナルがこれから通い詰めることになるという、研究棟の地下のあるあたりに視線を落としていた。

「幸い我が国には大勢の虜囚がいる。本来であれば即処刑されるはずの人間が」

「……」

「理性や知能のない魔獣に精神を操る魔術をかけることは難しいが、人であれば容易い。帝国に忠誠を誓わせた上で、本来持ち得た以上の力を与えた体で、敵陣に向かわせる。魔術を宿した腕から放たれるその剣の一振りは、我が国の騎士の一振りよりも苛烈であろう」

「……あなたは――ご自分が何をおっしゃっているのか、わかっているんですか……」

「無論」

喘ぐように訊ねたリナルに、ひとつの躊躇いも感じさせない様子で、笑みすら湛えながらサグーダが頷く。

「すでに研究が始まっている。いずれ帝国に牙を剝《む》いた罪で処刑されるはずだった他国の兵士だ、魔術師たちも心は痛むまいよ」

捕虜たちを収容する大きな棟の姿を、リナルは思い出した。あそこにまだ行き場が決まらず、ただ生かされているだけの者たちが大勢いる。彼らの命がどうなったところで、気に懸ける者など帝国の中にはほとんどいないだろう。

「魔術で従順にさせることは容易いが、魔術を植え付けることは難しくてな。最初は多少なりとも魔術の素養を持つ者を選んでいたが、それよりも兵士としてより強靭《きょうじん》な者から痛みや恐怖心を取り上げ、魔術で肉体を強化し限界を超えた力を発する狂戦士として作り上げた方が、より効率がいいことがわかった」

サグーダが視線を上げ、茫然と目を見開くばかりのリナルを見返す。

「とはいえ試す虜囚の数にも限りはある。強化された力を痛みの制御なく振るえば体が壊れていって、それを治癒するのにも魔術師の手間がかかるからな。――だが、異様とも言えるほどの治癒能力をあらかじめ有している者であれば、どうだ？」

一歩、リナルはサグーダから後退った。

相手から目を逸らすこともできず、首を横に振る。

「嫌です。嫌だ」

うまく言葉が出てこない。そう繰り返すことしかできない。

「あの蕃族を捕らえた報告を受けた時、真っ先に、私は何とまあ相応《ふさわ》しい男を手に入れたものだと思ったよ。魔力を持たず、死なない生粋の狂戦士。放っておいても傷が治るのであれば、治癒魔術にかかる魔力すら必要ない」

からからに渇いた喉から、リナルは無理矢理に声を絞り出した。

「ですが……ですが、そうだ、彼には魔術が効かない。ただの人の戦士という以上の力は発揮できないだろうし、そもそも祖国を滅ぼされ家族を殺された彼が、帝国のために戦うはずもない」

「魔術は効くようになったのだろう?」

「——え?」

確信的に言うサグーダに、リナルは狼狽を隠すことができなかった。イトゥリの傷の治りが速いのは体質のおかげだと、サグーダはただそう思っているはずなのに、なぜ、と。

問い返す言葉もないリナルに、サグーダが可笑《おか》しさを堪えるような表情を浮かべている。

「おまえらしくもなかったな、リナル。あの蕃族はきっと毒の矢傷程度、大した痛手にもならなかっただろうに」

「……ッ」

全身が冷えた。

キリメア要塞で、サグーダの従卒がイトゥリに矢を向けたのは、敵と見間違えたせいなどではなかったのだ。

(馬鹿だ……!)

あの時、咄嗟に魔術でイトゥリの傷を治癒してしまった。

その様子をサグーダは抜け目なく観察していたのだ。

たしかに彼の言うとおり、今までの自分であれば、それに気づけていただろう。

なのにイトゥリが少しでも傷つくことが、これ以上の痛みを与えられることが嫌で、即座に魔術を使ってしまった。

「おまえが献身的に世話をした結果か。そうなると信じていたよ、リナル・ヴィクセル。おまえはたとえ帝国を憎み呪う相手でも、うまく手懐けるとな」

キリメアの時からではない。もしかすると、サグーダは最初から——イトゥリを捕らえた時から、こうするために自分を地下牢に呼んだのではないかと、今さらリナルは気づいた。

魔獣相手ならともかく、たとえ捕虜であろうと、人間に対する実験などさすがに反対する者も出てくるだろう。

だから密かにリナルを呼んだ。

リナルであれば、魔術が効かないはずのイトゥリを変えられることを期待して。

「おまえほど力を持ち、おまえほど慈悲深い魔術師は他にいない。あの蕃族とて、おまえがその美しい顔で縋って請えば、喜んで自分の体など差し出すのではないのか」

「人の命を、魂を、何だと思っているのですか」

震える声で、リナルはサグーダに反駁《はんばく》する。

皇帝の息子に反論することが怖ろしいのではない。怒りのあまり、震えを堪えきれなかった。

「他者を踏み躙るようなことばかり続けて、帝国がいつまでも栄えていられるとでも思っているのですか。力は永遠ではない。そんな実験ばかり続けていれば、地脈に流れる魔力もこのままではきっといずれ枯渇するでしょう。キリメアを一度でも奪われたのがいい証拠だ。この国はやがて世界中の敵になる」

「だろうな」

サグーダの怒りに触れ罰を受けようと、殺されようとも構わない。そんな気分で声を荒らげたリナルは、だがあっさりと相手に頷かれ、戸惑った。

サグーダは気分を害した様子などなく、平然とリナルを見返している。

「大陸統一は帝国の歴史始まって以来の悲願だ。それを成し遂げようとする父や兄の考えに疑問を持つつもりはない、それこそが帝国のあるべき姿だと思うからな。——が、おまえの言うとおり栄華は続かないだろう。報いとはいずれ必ず訪れるものだ。我々が他者を踏み躙ったように、いつか我々自身が他者に痛めつけられ、辱《はずかし》められ、すべてを奪われる日が来るかもしれない。少なくとも私は、常にその覚悟を持ってここに立っているよ」

リナルは力なく、のろのろと首を振る。

「……なぜ……そこまで理解していて……それでも止《と》まろうとはなさらないのですか」

「止まる理由がない。言っただろう、帝国はそうなるべくして生まれた国だ。それに止まることもできないだろう、何億という人間が、帝国に生まれたことを誇りにしている。今さらおまえたちの命とその他すべての命は平等だと言ったところで、誰が耳を貸す？」

「……」

「己が神の血を継ぐ皇帝の子であるという立場を理解した子供の頃に、では行き着くところまで行こうと決めた。行く先を見据えたところにいたのがおまえだ、リナル。神意を知るためだけに魔術の研鑽に励んでいた老齢の魔術師一人だけが、おまえの力に気づいていた。神学などという金にもならない学術に人生を捧《ささ》げていたせいで、ろくな出世もできないままに死んでしまったがな」

やはりずっと以前から、サグーダはリナルが隠し続けていた力に気づいていたのだ。

そしていつか利用するためにと、付かず離れずの距離で、機会を窺《うかが》っていた。

その機会が今、彼にとってはようやく、訪れたというわけだ。

「おまえだけが私同様、帝国の欺瞞《ぎまん》にも脆《もろ》さにも気づいている。闇雲に帝国を妄信する輩よりも、そういう人間がそばに欲しい」

サグーダの声に熱が籠もるほど、リナルの心も、体も、冷えていくばかりだった。

「この世で最もおまえを理解しているのは私だ」

そうなのかもしれない、と思う。

サグーダほどリナルが何を求め、何を怖れているかを理解している人間は、他にいないのだろう。

「……では、どう言葉を連ねようとも、私があなたの力になるはずはないことも、ご理解なさっているのではないですか」

「そう、おまえは言葉でも、金でも、地位や名誉でも動かない」

わかりきったことを告げる口調で、サグーダが言葉を継ぐ。

「おまえが拒むのであれば、他の魔術師にあの蕃族の身柄を預けるまでだ。そもそもあれは私の持ち物だからな」

体が冷えるというよりも、凍りついたようで、リナルは身動きも取れなくなった。

「他の者に好きにさせるより、おまえの手許で管理した方がいいのではないか？　キリメアで見た限り、あれはおまえのために命を投げ出すことすら厭《いと》わないだろうよ」

そうなのかもしれないと、リナルは再び思ってしまった。

イトゥリは拒まないかもしれない。事実キリメアでは、リナルのためになら戦うと言った。

「明日にはおまえの任が王命として下る。おまえの肩にかかっているのがおまえ自身の命だけではないことを忘れるなよ」

リナルは答えなかったが、それを聞く必要もないと思ったのだろう。サグーダがその場を去っていく。

長い時間、リナルはその場所で立《た》ち竦《すく》み続けた。

◇◇◇

　サグーダの言うとおり、翌日にはドレヴァスの名であの研究棟と公邸の一室がリナルに与えられることと、サグーダの指示に従い研究を始めるよう正式に記された命令書が届いた。

　執事をはじめ館の使用人たちは、いよいよ自分たちの主が帝国内に認められたと喜び勇んで、住まいを移す準備を始めた。家具付きなので支度にそう時間はかからないだろう。その日から執事の指図で、館にあるものが次々運び込まれていった。

　イトゥリについては公邸の部屋ではなく、研究棟の牢に監禁するよう命じられている。

　リナルは新しい住まいが整ってから公邸に移ることにして、先に使用人たちをそちらに行かせ、自分はイトゥリと二人で館に残った。

「イトゥリに話があるんだ」

　日が落ちる頃、いつも以上に静かに思える客間で、リナルはそっとイトゥリに切り出した。

　住まいを移すために館が慌ただしくなっても、リナルが新しい仕事を命じられたと聞いても、イトゥリは何も質問したりせず、一人静かに客間で過ごしていた。

　今日ばかりではない、この館に連れてきた時から、イトゥリがすべての運命を自分に預けたような様子でいることが、リナルにはいつも辛かった。

「今日、夜のうちに、ここを出て行ってほしい」

　そう告げると、イトゥリがすぐに頷いた。

「俺が公邸にまで行けるとは思っていない。どこに移ればいい？」

　あまりに迷いのない返答に、むしろリナルの方が言葉に詰まってしまった。二の句を継げないリナルに向けて、イトゥリが安心させるように微笑む。

「どんな扱いになるのかはわからないが、リナルがまた戦場に赴く時には、連れて行ってもらえるんだろう？」

「――」

　リナルはきつく唇を噛み締めて、俯《うつむ》きながら、イトゥリの手を両手で握った。

「……違う。君はここから逃げるんだ。帝国とは関わりのない場所へ」

「リナル？」

　初めてイトゥリが、怪訝そうな声音になる。

「今ならまだキリメアの転移門は放棄されたままだ。俺の力で、この場所からほんの一時だけそこに繋げる。要塞にいる魔術師では門が使われたことすら気づかないと思う。深夜でも兵がいるだろうけど、何とか切り抜けて外に逃げてくれ。ここから馬や船で帝国の領域外に出るよりは、ずっと楽だろうから」

「何を言っているんだ、リナル」

「君から心を取り上げ、魔力を与えた上で兵器として戦場に投じる研究をしろと、サグーダ殿下に命令された。俺が拒んだところで、君の所有権は自分にあるから、別の魔術師に実験をさせるだけだと」

イトゥリの顔が見られない。こんなことを口にすることすら嫌だったが、きっと説明しなければイトゥリは逃げ出すことを納得してくれないだろう。

「俺は絶対にそんなことは嫌だ。だから何としてもイトゥリを逃がす。必要になりそうな荷物はもう準備してあるから」

「リナルは？」

リナルの手を握り返し、イトゥリが低い声で問う。

「俺はここに残らないと。俺がイトゥリの逃亡を助けたと知られれば、俺だけじゃなく家族にまで累が及んでしまう。俺一人の罪ですむように――」

「死ぬつもりか」

イトゥリの声が押し殺したような響きになった。

リナルは顔を伏せたまま身を強張《こわば》らせる。

「新しい職務に就くことには王命が出ていると執事から聞いた。俺が逃げれば必ずあのサグーダという皇子がリナルを疑う。だから一人で罪を贖《あがな》うつもりか」

「……」

見透かされるとは思わず、リナルは咄嗟に誤魔化すことができなかった。

イトゥリの言葉通りのことを考えていた。

サグーダが研究棟の前から去った後、決意するまでにそう時間は掛からず、あとはその方法について考えるため長らくあの場所に立ち尽くしていたのだ。

「答えろ、リナル」

これほど怒りを含んだイトゥリの声を――自分に向けて憤る言葉を聞くのは初めてだ。地下牢での叫び声や呻き声よりも、よほどリナルの胸を刺す響きだった。

「……俺がいる限り、必ずサグーダ殿下に利用される。人を殺す手伝いをしたくはない。でも俺は、俺の大切な人を盾に取られれば、従うことしかできないんだ」

イトゥリだけではない。目の前で妹の喉元へ剣を突きつけられたら、見殺しにすることができない。間違っているとわかっていても、きっと他の大勢を殺す方に加担してしまう。

サグーダは本当に、嫌というほどリナル・ヴィクセルという人間を理解していると思う。

「俺さえいなければ、帝国の魔術が驚異的に発展することもなくなる。帝国に対抗するために他国が怖ろしい魔術を生み出そうとすることもなくなる。そうするのが一番いいって、イトゥリにもわかるだろう？」

「わかるものか」

リナルの手を握るイトゥリの指に、痛いほどの力が籠もった。

「リナルがそうすると言うのなら、俺は今からでも王宮に乗り込んで、皇帝と皇子を殺してやる」

　はっとして、リナルは顔を上げた。

「そんなの無理だ。騎士総掛かりなら、イトゥリが殺される」

「だから、何だ？　リナルだって自分を殺そうとしているのに、なぜ俺を止める？」

「――」

「逃げるならリナルも一緒だ」

　リナルの瞳を射竦めるように覗き込み、イトゥリがそう断言する。

「リナルこそ、こんな場所に囚《とら》われず、逃げ出すべきだろう」

　イトゥリから目が離せないまま、リナルはのろのろと首を振った。

「……でも……そんなの、無理だ……俺が逃げ出せば家族が……きっと使用人たちすら、サグーダ殿下は俺と関わりのある者すべてを殺すと声高に言う。俺が逃げ出した先にも届くように」

　そしてそれを、リナルは見捨てられない。戻ってくる以外の道が思いつけない。

「リナル自身のことを考えてくれ」

　請う調子で、イトゥリが取り乱すリナルに呼びかけてくる。

「リナルは、俺が心をなくして、帝国のために望まない戦場へ送り出すことが嫌なんだろう？　なら、俺も同じだ」

「……同じ……」

「リナルが自分の心を殺しながら、こんな国で暮らし続けることが嫌だ」

イトゥリの言葉に、リナルは胸を突かれた。

同じ思いを抱いているのであれば、イトゥリは自分を見て、喉が詰まりそうなほどの悲しみを味わっているのだと、わかってしまう。

「帝国を出よう。リナルがいなければ、俺は一人では行かない」

帝国を出る、という言葉が、奇妙なほど鮮やかに頭の中に響く。

（そんなこと、していいのか？　――そんなことができるのか？）

今まで一度だって、自分が逃げ出そうと考えたこともないことに気づいて、リナルは愕然とした。

逃げてもよかったのだ。魔術師が嫌ならば、最初から魔術学校に入ることもなかった。何者でもないうちにこの家すら捨ててしまえたはずなのに、家族の望むとおり王宮で働き、サグーダの命令に従わなければ〝ならない〟と思い込んでいた。

（帝国のやり方を嫌っていたくせに、その仕組みの中に飲み込まれていた……）

唐突に目の前が拓《ひら》けた気がして、その途方もない明るさに茫然としてしまう。

けれども結局、リナルはイトゥリに頷くことはできなかった。

「でも俺まで逃げてしまっては、家族が罪を肩代わりさせられてしまうんだ……」

リナルが最も忌避する戦場で生きる父を、兄たちを、その庇護下《ひごか》で無垢《むく》に育まれた妹を、見捨てることなどできなかった。彼らよりイトゥリの方が大切だと正直に言い切ることができたとしても、だからといって家族に対する愛情が消えてなくなってくれるわけではないのだ。

それを喪《うしな》い傷ついたイトゥリだって、家族を想う自分の気持ちが理解できないとは、リナルには思えなかった。

「リナル」

何か呼びかけようとするイトゥリの唇を、リナルは自分の唇で塞いだ。

(ごめん、でも)

これ以上、別れるための言い争いをしたくない。

「リ――」

まだ声を上げようとするイトゥリの唇を何度も吸い上げ、舌を差し入れる。

イトゥリと同じ寝台で眠るうち、こんな触れ合いを何度もしてきた。接吻《くちづ》けだけで身も心も蕩《とろ》ける快楽を与え合えると、リナルはもう知っている。

(夜中まで、まだ少し時間があるから)

イトゥリのすべてを覚えておきたかった。たとえあともう少しで尽きる命だとしても、最期にこれくらいのご褒美を与えてもらったところで、きっと神さまだって許してくれるはずだ。

イトゥリは拒むような仕種をしていたが、リナルが執拗《しつよう》にキスを続けると、諦めたように両手を頬に当ててきた。

「……ん……」

自分よりも熱心な仕種で舌を絡め出すイトゥリの様子に、リナルは心地よさと喜びで胸を震わせた。

「ん、ん……」

お互い貪る仕種でキスをしながら、どちらともなく、長椅子の方へとよろめくように歩いていく。イトゥリの服に手をかけてももう拒む様子は見せず、イトゥリの方も、遠慮のない仕種でリナルのローブを剝ぎ取って床に落とし、中の服を取り去っていく。

長椅子に躓《つまず》くように座る頃には、リナルの胸元がはだけられ、イトゥリの長い指に肌を探られていた。

(俺の感触を覚えていてほしい)

ひどい願いだと知りながら、リナルはそう思わずにはいられない。

(俺のことを忘れないでほしい)

永遠にとは言わない、少しの間だけでも、自分と情を交わしたことを心に残しておいてもらいたい。

「全部、好きにしていいよ」

長椅子に横たえられ、イトゥリの背中を搔き抱きながら、リナルはそう囁《ささや》いた。

「もうイトゥリの全部が欲しい」

共寝をしても、イトゥリはリナルの体を気遣い、ただ指や口で慈しむだけで終わっていた。リナルもイトゥリに教えられ舌や口中でイトゥリ自身を愛撫《あいぶ》することがあったが、たしかに「これが自分の中に入るとすれば、傷のひとつもつくかもしれない」と怯《ひる》んでしまうほどの質量だった。

でもこれでもう最後なら、我儘《わがまま》を言いたい。好きにしたいのはリナルの方だ。

イトゥリは返事の代わりに、慈しむようなキスをリナルの額にひとつ落として、一度長椅子から離れた。

寝台に向かってからすぐに戻ってきたその手に、リナルにとってはすっかり馴染《なじ》んだ香油の瓶がある。

促されたわけでもないのに、リナルは自分から下着を脱ぎ捨て、それでも気恥ずかしさでイトゥリの方を見られないまま、おずおずと膝を立て、少しだけ開いた。キスだけですでに固く上を向いている性器も見ないように、ぎゅっと瞼《まぶた》を閉じる。

その様子に、いかにも「可愛《かわい》い」とでも言いたげな笑いを含んだイトゥリの吐息の音がして、ますます恥ずかしくなってくる。

勿体《もったい》ぶることもなく、イトゥリはリナルの腰を抱え上げてもっと大きく足を開かせると、香油を垂らした指で、優しく奥の窄《すぼ》まりの辺りを撫でた。

すぐにその指先が、つぷりと中に潜り込んでくる。

「……ぁ……」

力の抜き方ももう教わっている。リナルは自分からイトゥリの指を受け入れるように、小さく息を吐いた。

「最初に比べて、随分と柔らかくなった」

なのに耳許でそんなことを囁かれるせいで、逆に身を竦ませそうになる。

「こ、声、駄目……」

「駄目？　リナルは俺の声が嫌い？」

イトゥリの指の腹が内壁を丁寧に探る。リナルは首を振った。

「違う、逆……好きで、弱いから」

笑うイトゥリの吐息が耳に掛かって、リナルはますます体を固くしてしまった。

「力抜いて。やり方、教えただろう？」

寝台でのイトゥリは、たまに意地が悪い。わざとだ、とわかっていても、リナルは腹も立たず、ただ腰砕けになった。

「そう。いい子」

最初に絵本などで言葉を教えた弊害か、こういう時に出てくるイトゥリの褒め言葉は小さな子供に向けるようなもので、それにもリナルはいつも困ってしまう。

「子供じゃないんだから、そんなふうに、言わないで――」

してくる。
止めるどころか言葉を重ねながら、イトゥリがリナルの中の浅いところをぐっと指の腹で押
「可愛い。いい子だ」
「……ッ……」
「偉いな。ちゃんと、気持ちいいところで、感じてる」
絶対にわざとだ。そんなふうに褒められると、リナルが喜ぶと熟知している。
どこを刺激すれば体が悦《よろこ》ぶのかも。
「あぁ……ッ、……ん、ゃ……駄目、気持ちぃい……」
同じところを指で擦られるたび、腰が震え、背が浮いてしまいそうなほどの快楽を与えられ
る。いつの間にか指が増え、中を押し開かれる苦しさすら気持ちいい。
いつもはそうしてリナルの中を刺激しながら、だらしなく先走りを零《こぼ》す性器を、反対の手や
口中で愛してくれる。今日もそうするために伸びてきた手を、リナルは強すぎる快感に涙を滲
ませながら、両手で押さえた。
「いい、もう、中に、イトゥリの……」
水音が立つほど、指で掻き回される体の奥は香油で潤っている。
イトゥリはもう一度リナルの唇にキスを落としてから、指を抜き出した。身を起こし、服を
脱ぎ去る様子に、痛いほどリナルの心臓が高鳴る。期待と緊張のせいで、笑えるほど体が震え

る。

「怖い？」

そんなリナルに気づいて、イトゥリが優しく頬に触れてくれた。

その手を押さえ、リナルは笑って頷く。

「怖いから、早く来て」

イトゥリの眉間に、ぐっと皺が寄る。躊躇《ちゅうちょ》させてしまったのではと悔やむ間も与えられず、リナルはまた大きく足を開かされ、次には指で充分に濡《ぬ》らされた場所に、固いものが押しつけられる感触を味わった。

「……ッ……ぁ、……く」

苦しいほどの質量に、体の一番奥深くを侵食される。痛みはないが、圧迫感がすごい。

それでも止めないでほしくて息を詰め、辛そうな声を漏らさないように唇を引き結ぶ。

また教えられたとおりに力を抜こうと汗まみれで苦心している間に、より深くへとイトゥリの熱が入り込んでくる。

すべてが収まる頃には、全身が汗だくだった。繋がったところが熱い。脈動しているのが自分の体なのか、イトゥリのものなのか、もうよくわからなかった。

「……入った……？」

いつの間にかイトゥリの腕に指を立ててしまっていたが、イトゥリは文句も言わず、涙で潤んだ目で見上げるリナルを見返し、微笑んだ。

「わかる？」

「あっ」

軽く揺すられ、リナルはイトゥリの体にしがみついた。

「わ、わかる……体の中、いっぱい……」

イトゥリが共通語を覚えたての頃よりも拙《つたな》い口調になってしまいながら頷く。

苦しいだけではない感覚が奥の方に宿っている気がして、戸惑いつつも、無意識にそれを追う。

そんなリナルの様子に気づいたイトゥリが、再び中で動いた。

「……あッ、ん」

思いがけず甘ったるい声が出て、リナルは慌てた。

「ま、待って、奥、駄目、かも……」

「こう？」

「あぁッ」

待ってと言ったのに、イトゥリが同じ動きを繰り返し、リナルはまた濡れた声を上げてしまった。

「よかった。気持ちいい？」

「ん――」

イトゥリが休みなく身を揺すり続けて、リナルはそのたび腰を引き攣《ひっ》るように震えさせながら、頷いた。

「可愛い。リナル、愛《いと》おしい」

寝台でいつも、イトゥリは短い、単純なほどの言葉を連ねて思いを伝えてくれる。

リナルはいつでもそれが嬉しくて仕方がなかった。

「愛してる、リナル」

イトゥリもリナルに快楽を与えるだけではなく、自分のそれも追うように、動きが強くなっていく。少し荒く体を揺すられながら、リナルは頷いた。

「俺も……」

愛してる、と口に出そうとしたのに、ひどく泣けてきて言葉にならない。

(何も考えるな、今は)

ただイトゥリに与えられる悦びにだけ没頭していたい。

イトゥリの背を抱く腕に力を込めると、それに答えるように背を抱き返された。軽く浮いた体に、下から突き上げるような動きで、イトゥリがリナルの奥深くまで何度も入り込んでくる。

「ぁ……ッ……、……ん、く……ッ」

腰や足が震え、勝手に内壁が収縮してイトゥリを締めつけてしまい、相手の存在を強く感じる。より声を上げてしまう場所を執拗に突かれ、途中からは自分が何を言って、どんなひどい声を漏らしているのかすらリナルにはわからなくなった。

「好き、イトゥリ、すき……ッ」

強烈な快感と、繋がれた喜びと、その他の感情すべてが混濁したものに押し流されるように、リナルは初めてイトゥリを身の内で感じながら絶頂を迎えた。

◇◇◇

荒い呼吸が少しずつ収まっていく。

床の上に仰向《あおむ》けになり、上にのしかかるイトゥリの重さをどうしようもなく嬉しさを感じながら、リナルは細く息を吐いた。

(夢中になりすぎた……)

窓の外はすっかり闇に沈んでいる。

二回目の後に長椅子から転がり落ちかけた自分をイトゥリが慌てて支え、そのまま二人で床に下りてもう一度――が始まったところまでは、どうにか覚えているけれど。

(最後に一度だけ、っていうつもりだったのになあ)

何となく苦笑が漏れる。

（こんなの、ただ、離れがたくなるだけじゃないか……）

悔やみたくないのに、後悔が胸を占め始めて泣きたくなる。

「……リナル」

啜《すす》り上げるのを堪えようとしたのに、イトゥリに気づかれてしまった。慈しむような接吻けが目許に下りてくる。

「ごめん、引き止めてしまった……」

しっかりしなくてはならない。これから、イトゥリをここからキリメアの転移門へと送り出す大仕事が待っているというのに。

「まだ、一人で残るつもりなのか」

イトゥリの声音に少し呆《あき》れたような調子が宿っているのが、リナルには何か気まずくて、それに少し腹立たしい。

「決めたんだ。やっぱり、他に方法があるとは思えない」

「……」

イトゥリが黙り込み、リナルの上から体を起こす。

相手が背を向けてしまう様子が切なくて、リナルは泣きそうになった。

こんなふうに別れたかったわけではない。

「ごめん、言い争いたいわけじゃないんだ。でも……」

長い沈黙の後、リナルは嫌々ながらに口を開いた。

イトゥリは何も答えず、リナルはこれで終わってしまうと考えると、結局涙が溢《あふ》れてくる。

「リナル——やっぱり、一緒に行こう」

それでも決して泣き声だけは上げまいと堪えていたら、不意にイトゥリが声を上げた。

「……だから」

どうしたら伝わるのかともどかしい思いになったリナルを、イトゥリが振り返る。

「少し、思い付いたことがある」

薄暗くなった部屋の中で見えたイトゥリの表情は、リナルを責めるものでも呆れるものでもない。

「え……」

ただ、奇妙なくらい明るく見えて、リナルは戸惑った。

10

「王都で火付けがあったってさ」

背後で聞こえた話し声に、リナルは肩を震わせそうになるのを、ようやく堪えた。無意識に、擦り切れた鳥打ち帽を目深に被《かぶ》り直し、眼鏡をずり上げる。

「へえ。誰か死んだのか?」

「伯爵家だか侯爵家だか、騎士の家らしいな。主人が焼け死んだらしいぜ」

酔っぱらいの声や笑い声、乱暴に食器を扱う音が乱雑に響き渡る酒場。聞こえてくる噂《うわさ》話になど関心もない素振りで飲むスープは元々美味《うま》くもなかったが、ますます味気ないものに感じる。

「ふーん、まあ俺たちには関係ねぇか、お貴族様が死のうが、どうでもさ」

それきり話題は打ち切りになって、リナルはどうにかスープを飲み干すと、銅貨を置いてテーブルを立った。

「ごちそうさま」

「はぁい、あ、これお持ち帰りね」

元気な看板娘が、肉を挟んだパンの包みをリナルに投げて寄越した。受け止め損なってテーブルに落ちると、パンにあるまじき音が立つような固さだったが、リナルはありがたくそれを懐に収めて店を出た。

外はすでに日が落ちている。薄曇りの空には星のひとつも見えず、さして人通りの多くない道沿いには酒場以外に目立った建物もない。

リナルは見えない足許に気をつけながら手探りでその建物の裏手に回り、小さな馬房に向かった。

暗いせいばかりでなく、ひどく頭が痛んで、一歩ごとにふらついてしまう。

「イトゥリ」

小声で声をかけてから馬房の中に入ると、柵の内側に収まった馬を刺激しないよう奥に向かった。

蠟燭《ろうそく》の灯《あか》りで、山になった干し草に凭れるように座り自分の方に手を伸ばすイトゥリの姿が浮かび見えて、ほっと息をつく。

食事の間のほんの少し離れていただけなのに、ずっと心許なかったのだ。

「おかえり、リナル」

囁くイトゥリの方へとまたよろめくように近づき、差し出された手を取り、優しく腕を引かれてその足の間に収まった。

遠慮なく相手に凭れて、リナルはもう一度息を吐き出した。

そ
れを隠すように微笑んでみせた。

「大丈夫か」

懸念を含んだ声音に問われ、頷きを返す。本当は少し動くのすら頭に響いて辛かったが、そ
れを隠すように微笑んでみせた。

「大丈夫、普通に食事もできた。これ、イトゥリの分」

「ありがとう」

お世辞にも美味いとは言えないだろうパンを、馬房などという場所で、イトゥリは文句も言わずに食べている。

――王都の館を出て五日ほどが経った。

なのにまだキリメアから大して離れていない街にしか進めていないのは、昨日までリナルが別の街の宿で寝込んでいたせいだ。

何人もの魔術師が時間をかけて作り出すような転移門を、一時的にとはいえ一人で形にしてイトゥリと二人移動したのは、さすがに負担が大きかったらしい。

その上、館を出る前にもうひとつ大仕事をしなくてはならなかった。

『リナルの魔術は、たとえば……人が燃えて死んだ後と同じものを作り出せるか?』

イトゥリが訊ねたのは、初めて体を繋げた後、別れを決意したリナルが必死に泣き声を堪えていた館の客間の中でだった。

『え――』

『この家に飼われていた〝蕃族〟が主を殺して館に火をつけ、逃げ出した』

すぐには何を聞かれているかわからず戸惑うリナルを、イトゥリが真剣な顔でみつめながら続けた。

『それならばリナルはただ、被害者だ。リナルの家族にも咎《とが》は及ばない』

決心するのに、イトゥリとの別れを決めた時ほどの時間はかからなかった。

リナルにとっては容易い魔術のはずだった。他の魔術師にとってどんなに困難な、実現すら不可能な魔術であっても、リナルにしてみれば願うだけで叶うから、等しく容易いのだ。

なのに、おそらくサグーダの調べが入るであろうことを考えながらの作業は、予想外に苦しいものだった。

サグーダの目を欺く〝それらしい〟死体を作り上げるため、キリメアで見た名前も知らない兵たちの様子を思い返すのも精神的に辛かったし、魔力もそれなりに消費してしまった。

どうにかそれをやり遂げ、次に取りかかった簡易的な転移門を作り出す仕事も、相当な緊張感に苛《さいな》まれた。

違う場面であれば難なくこなせただろうが、自分や家族、何よりイトゥリの命運がかかっていると思うとうまく集中できない。こんな時になって、自分があたりまえのようにやっていた〝ただ思うだけ〟というのがどれほど難しいことだったのか、思い知らされる羽目になった。

想定以上の時間をかけて門を生み出し、そこから館近くの地脈を探り当て、さらにそれを延ばしていって、キリメアにまで辿り着くのもまた、予想していた以上に難業だった。

相当な魔力を必要とするが、あまり一度に地脈から吸い上げてしまうと、他の魔術師に気づかれる可能性がある。少しでも誰かの魔力を感じれば一時的に遮断して、少しずつ自分の魔力と繋いでの繰り返しで時間がかかりはしたものの、これもどうにか成功した。

すべてを終えたあとは、かなりの力を使ったせいで目の前がチカチカしてよく見えず、凄まじい頭痛で吐きそうで、イトゥリが支えてくれなければ歩くこともできなかっただろう。

魔術の痕跡を嗅ぎつけられるわけにもいかないので、館には蠟燭から火を移した。うまく燃え広がってくれたのかが心配だったが——噂話を聞いた限りだと、計画どおりにいったらしい。

燃え盛る火の中、イトゥリに支えられ、二人で転移門を使ってキリメアに向かった。

当分使われる予定の立っていなかったらしいキリメアの転移門の周囲に、見張りすら置かれていなかったのは幸いだった。

門のある部屋の外に出れば、過日の悲惨な戦いの後始末をするため、再びの襲撃に備えるため、大勢の兵たちが要塞に残っていたが、力を振り絞ったリナルが自分たちの姿を外から知覚できないよう魔術を使い、どうにか騒ぎを起こさず要塞を抜け出すことができた。

街中の宿屋をみつけて部屋を取るところまで意識を保てていたことが奇跡のようなもので、その辺りの記憶は朧気だ。魔力はどうにかなっても、体力の方がついていかなかったらしい。

そのまま眠り続け、目を覚ませるほどに回復するまで三日もかかってしまった。

転移門を使ったことに気づけるような魔術師が自分以外にいるとも思えなかったが、王宮では相当な騒ぎが起きているだろうし、少しでもキリメアから離れたくてすぐにでも移動しようと言っても、あと一日は休むようにとイトゥリは譲らなかった。

今まで体験したことがないひどい頭痛は、自分の魔力を使い果たしてしまったせいなのだろう。この辺りには地脈もうっすらとしか感じられず、それを力尽くで汲《く》み上げるほどの余力も残っておらずで、自分自身を癒やすことすらできない。ただ休んで、自然と回復するのを待つしかなかった。

四日目に馬を一頭買い、イトゥリが手綱を取って、ほとんど気を失ったままのリナルを乗せ、できる限り北に向かった。

一日かけて辿り着いたこの寂れた街にある宿屋は酒場を兼ねたこの一軒きり。生粋の帝国人に見えないイトゥリが怪しまれないよう、奴僕として扱うしかなかった。

リナルは粗末な一室を借り受けられたが、宿の主人が『蕃族』を自分の店に入れることを嫌がり、イトゥリは繋いだ馬と一緒にこの小屋でなら寝ていいと言い放たれた。

「……ごめん、こうまでひどい扱いになるなんて」

なら自分も馬房でいいと言いたかったが、それはそれで怪しまれ噂にでもなったらと怖ろしく、リナルは主人に逆らうことができなかった。

「リナルがちゃんとした寝台で眠れるならそれでいい。俺は狩りの時になら雨晒《あまざら》しの野宿もしたし、慣れてる」

屋根があるだけ上等だとイトゥリが微笑《わら》う。食事をするイトゥリの邪魔になるだろうと思ったのに、リナルはその体にしがみつくように抱きつくことを止められなかった。そうしていると落ち着いて、ひどい頭痛と気怠《けだる》さの残る体に力が戻ってくる気がする。

イトゥリの手に鳥打帽が取り上げられると、夜目にも鮮やかなほどの蒼碧の髪がこぼれ出る。自分の力を隠そうと子供の頃から長らく使い続けていた髪色を変える魔術は、一時的に魔力が枯渇したせいで途切れてしまった。

「銀の色が綺麗《きれい》だって、イトゥリが言ってくれたのにな……」

髪を撫でるイトゥリの指の優しさを感じながら、リナルは呟く。

「何色でも。リナルに似合わない色はないし、リナルが纏っているなら、全部、好きだ」

手放しのイトゥリの言葉に、リナルは笑って相手の肩口に額を擦りつけた。イトゥリがそんなふうに言うから、もう自分を偽るための魔術など使う気がなくなってしまう。

(今はいっそその方が、俺がリナル・ヴィクセルだと知られずにすむだろうし)

キリメアの英雄リナルは銀髪の魔術師だと、吟遊詩人が帝国の内外に広めていた。

「こんな街の酒場でも、もう火事のことが噂になってた。俺が――〝英雄リナル〟が死んだっていうのは、伝わってないみたいだけど」

人の口から口へと運ばれてその情報が消えたのか、あるいはリナルが死んだことは伏せられているのか、あるいは——死体の擬装が見破られているのかはわからない。

(何よりイトゥリがどういう扱いになっているのかが……)

追っ手はかかっているだろう。貴族の子息を殺したのだから、放っておかれるはずがない。

館に火をつけて逃げ出してからは、故郷に戻るために、まっすぐアルヴィドに向かったと思ってほしかった。

(本当は東側から帝国領を抜けたかったけど、キリメア要塞のことで警戒が強くなっているだろうな)

再び東から敵が攻めてくることを防ぐため、国境線は到底気軽に出入りができない状況だろう。北に向かって海岸沿いで冬を越し、暖かくなったら海洋に出る船へ潜り込む手段を考えることにした。時間をかけて移動することが安全なのかそうでないのかわからなかったが、他に方法もない。転移門のおかげで山越えをしなくてすんだことだけが幸いだ。

「溜息ばかりだ」

知らずにまた息を吐いてしまっていたらしい。

イトゥリに指摘されて、リナルは苦笑した。

「ごめん。……こんな時なのに、イトゥリと一緒に旅ができるのが嬉しいって思う自分に呆れてた」

大変な道のりだとわかっている。アルヴィドに辿り着いてから後のことも何もわからない。

なのに今こうして、馬房なんかでも寄り添っていられることに、不安よりも喜びが勝ってしまうのが本音だった。不安は大きいのに、それ以上に嬉しい。

「それでリナルを責めるなら、俺も責められないとならない」

目許にイトゥリの唇が下りてきた。その感触にも喜びを覚えるが、でもこれは、おやすみの合図だ。少しでも離れたくないのに、リナルまでもがここで眠ってしまえば、宿の者たちに奇妙に思われる。

(北に行けば、海から渡り住んでいる人も増えるだろうから……)

港町なら、王都近辺やこの辺りのような人の少ない田舎町と違って、様々な見た目の者も多いだろう。それまでの辛抱だ。

名残惜しいが、ここでぐずぐずしていても仕方がない。朝になれば再び馬で移動を始めるのだから、まだ万全ではない体調を戻すためにも寝台に向かわなくてはと、リナルが嫌々ながらに立ち上がる決意を固めた時。

「――リナル」

イトゥリが緊張を孕《はら》んだ声で囁いた。

リナルはイトゥリの肩に凭れていた頭を上げるが、イトゥリが蠟燭の火を消したために周囲が闇に落ち、何も見えなくなる。

だが、気配がした。

一人や二人ではない、大勢の人間が馬房を取り囲んでいる気配が。

（鎧《よろい》と、蹄《ひづめ》の音――）

騎士だ。こんな街にいるとすれば、平民の警備兵がせいぜいのはずなのに。

イトゥリがじっと、闇夜に向けて目を凝らしている。

「あの男がいる。帝国の、第二皇子」

「――」

断定したイトゥリにリナルは驚いた。暗闇にその姿をみつけたのか、それとも気配だけで察せられるものなのか。

狼狽している間に、足音が馬房に近づいてくる。

角灯《ランタン》の灯りが揺らめき、十か、二十か、それ以上の騎士や魔術師の姿が闇夜に浮かび上がった。

リナルは咄嗟に辺りを見渡した。背後は壁ばかりで逃げ道はない。

馬房を壊して走るか。馬を連れ出す暇はない。

（逃げてきた先々の魔術の痕跡は全部消したはずだ。イトゥリを追ってきたとして、俺が生きてここにいることを知らないのであれば、隙を突いて、何か）

イトゥリだけでも逃がして、足手纏《あしでまと》いになる自分はここに身を隠していられないかとさらに辺りに視線を巡らせる。

あるいは捕まっても構わない、とにかくイトゥリだけは助けたい。なのに。

(駄目だ、まだ力が……)

いつもなら手足のように馴染んだ魔力を動かそうとした瞬間、言葉にし難いほどの痛みが頭の芯に走った。

呻き声を必死に押し殺して頭を押さえるリナルのそばから、イトゥリが立ち上がる。

片手に、護衛用にと持ち出した剣を握っているのが見えた。

「イトゥリ――」

「殺しはしない」

囁き声を残し、イトゥリが音もなくリナルのそばから駆け出した。

痛みを堪えながらリナルが見遣った先で、次々と騎士の持つ角灯の灯りが消え、驚きの声や悲鳴が上がる。剣や槍が振り下ろされ空気を切る音。魔術の気配。それらが一瞬生まれてはすぐに消えていく。人の倒れる音、呻き声と馬の嘶きだけが残る。

暗闇に慣れないリナルの目には何も見えないのに、イトゥリが次々と騎士たちの剣を持つ腕や魔術師の足を斬りつけ、倒していくのがわかった。

「殿下!」

断続的に繰り返される短い悲鳴の中、鋭く、焦りを含んだ声が上がった。

「離せ、貴様、この御方をどなただと――」

「動けばこの男を殺す」

地面から湧き上がる怒号は、イトゥリの押し殺した一声で弱まった。

「皆、そこで待て」

続くサグーダの声で、誰もが黙り込む。

身動きも取れずに座り込んだままでいるリナルの前に、やがてイトゥリに両手を後ろに取られ、首元に剣を突きつけられたサグーダの姿が現れた。

ようやくリナルが闇に慣れ始めた目を凝らすと、サグーダはイトゥリの動きひとつで命を断たれるような状況なのに、焦りも怯えも見せない様子に見える。

「やはり生きていたか」

サグーダもリナルを見て軽く目を細めた。

「ああ、美しい髪だ。その色の方がよほどお前によく似合う」

「……なぜ……」

「ご丁寧に、新しいローブなど死体へ被せておくからだ」

サグーダの口許には、呆れたような苦笑が浮かんでいる。

「他の者はそれであれがリナル・ヴィクセルだと断じたようだったがな。おまえがあんなローブを、自分の館でまで着たがるわけがない」

「……」

何も弁解ができない。ローブに縫い付けられた宝石や飾り剣が焼け残れば、死体が自分であることを印象付けられるだろうと思い、咄嗟にやったことだった。

それがむしろ、サグーダにとっての疑いになるとは。

「この世で最もおまえを理解しているのは私だと言っただろう？　おまえ一人でキリメアの転移門を使うなど他の誰も信じなかったが、生きているのであれば必ずそうすると思ったよ」

すべて見抜かれていたことに、リナルは体の芯から冷える感覚がした。

サグーダから逃れる術などあるのか、痛む頭ではもう思いつけない。

「それに、この男も甘い。さっさと私の首を落とせばいいものを、そうすればリナルが苦しむだろうと囁いただけで、手を止めた」

イトゥリは無表情で、ただサグーダを油断のない視線で見ている。

「……私が誰にも死んでほしくないことを知っているだけです」

「ああ、勿論《もちろん》私も知っているとも」

鷹揚《おうよう》に頷くサグーダが、この場でもっとも余裕があるように見えてくる。

「それで、どうする？　私をここでいくらか足止めしたところで、追跡をやめるつもりはないが」

イトゥリに命を握られている状態で、サグーダにはまるで怖れる様子が見られない。見栄でも強がりでもなく、真実怯えなど感じていないようだった。

　リナルは痛む頭を持て余しながら、ゆるく首を振った。

「わからない……そうまでして大陸統一とやらを叶えたいのがなぜなのか。そんなの、あなた自身の望みじゃないのに――」

　それが帝国の在り方だからとか、父王が望むからとか、リナルにはサグーダの言ったことを何ひとつ理解できないままでいた。

　サグーダならばそうするだろうとわかることはあっても、その理由には、一度だってリナルが辿り着けたためしがない。

「おまえが隠そうとするその力を知った時に、リナル・ヴィクセルを帝国の英雄にしようと決めた」

　暗闇に低く響き渡る声で、サグーダが言う。

「神が私にそうさせるためにおまえに出会わせたのだろうと信じたから、一度も迷うことがなかった」

　自分をみつめるサグーダの眼差しがあまりに揺らがないことに戸惑いを感じる。

　サグーダがその困惑を読み取ったように、ふと笑った。

　それが皮肉げでも可笑しげでもない純粋な笑みに見えて、リナルはさらに困惑を覚える。

「だが本当は、帝国や王家や、私の思い上がりを打ち砕くため、神が招いた使いなのかもしれないな」

リナルは困惑したまま、のろのろと首を横に振った。

「そんなご大層なものじゃない。私は……俺はただ、愛する人を守れればそれでいいというだけの、利己的な人間です。自分にどれだけ力があろうと、自分の手の届くところ以外にあるものを救えるとは思えないし、壊そうとも思えない」

「私はおまえを手に入れられれば、どんなことでも成し遂げられると思っていたよ」

「魔術はそこまで便利な力じゃありません」

そうリナルが言った時、なぜか、イトゥリがサグーダの首に当てていた剣を下ろした。鋒は相手に向けたままではあったが、背中で縛《いまし》めていた両手からも手を離している。

リナルにも、サグーダが自分やイトゥリ相手に腰の剣で襲いかかってくる気はしなかったので、止めずにいた。

「俺が一人でできることなどたかが知れているけど……あなたが皇帝や皇太子に従うのではなく、自分の考えで民を導けば、帝国は変わるんじゃないですか。あなたはその力を持っているでしょう」

サグーダがもう一度笑った。

「やはりおまえは天の使いのようだな。あるいは預言者か」

「ですから、あなたは俺を買い被りすぎです」

リナルは力を振り絞り、背中を廏《うまや》の壁へと寄りかかるようにして、その場から立ち上がる。

「でも、イトゥリを逃がすだけの魔力は残っていますので」

本当は今すぐ倒れ込んで眠りたいほどだった。完全な強がりだ。

「――魔術師が力を使い果たせば死ぬと聞いたが」

たしかに、本来持って生まれた魔力が枯渇すれば、死ぬのだろう。リナルはすでに、この地を流れるごくごく微量の地脈を探り当て、そこから魔力を吸い上げることに成功し始めていたけれど。

全部隠して、頷く。

「命に替えても惜しくはない。俺に変えられるのは、守れるのも、愛する人の運命だけだ」

イトゥリは黙ってリナルの言葉を聞いていた。もしかすると、またリナルが命を引き替えに自分を守ろうとすることに激昂するかと思っていたが、静かにリナルを見ているだけだった。

サグーダが、何か大袈裟なほどの溜息を天井に向けて吐き出した。

「……では私がどう脅しをかけようが、一切が無駄というわけだな」

「はい。俺はあなたに従うことはできません」

「わかった。思い通りに動かない道具など不要だ」

まるで降参というように、サグーダが諸手《もろて》を挙げる。

(納得……してくれたのか……?)

リナルが細く息を尽きかけた次の瞬間、だがサグーダが素早く身を翻し、腰の剣を抜き出した。

「――イトゥリ！」

思わずリナルは叫んだが、イトゥリはその場から動かず、サグーダの剣の鋒はイトゥリの首の前で空を切った。

「外に聞こえるほどの大声でわめきながら倒れ込むくらいしないか、大根役者め」

サグーダには珍しく、露骨に悪態をつきながら、抜いたばかりの剣を鞘に収めている。

「何でもいい、おまえの持ち物を寄越せ、リナル」

「え……」

何が起きたのかわからず茫然としながらイトゥリを見遣ると、イトゥリがリナルを見返して頷いた。

戸惑いつつ、リナルは腰に提げていた短剣を鞘ごと抜き出す。皇帝から下賜された宝剣は重くて邪魔なうえに、王家の紋章が入っているから売りようもなくてローブと共に館へ置いてきたが、昔から身につけていた短剣は身を守るために持ってきていた。

差し出した短剣を、サグーダが引き取る。

イトゥリもすでに剣を鞘に収めている。

「英雄リナルは異国の蕃族に殺された。私はその蕃族を討ち取り、蕃族の奪ったリナルの持ち物を奪い返した。いずれ吟遊詩人が、適当に私を持ち上げる歌でも吟じてくれるだろうよ」

独り言のような呟きを残して、サグーダはそのまま馬房を出て行った。

ぼんやりとその後ろ姿を眺めていたリナルのそばに、イトゥリが歩いてくる。

「……見逃された……？」

「そうらしい」

「わざわざここまで追ってきたのに？　どうして」

馬房の外で、呻き声や鎧の音が次々と上がり、多くの蹄の音と共に遠ざかっていく。

リナルの体を支えながら、イトゥリが微《かす》かな苦笑を浮かべた。

「きっとあの男は、リナルの死体をみつけた時、心臓が凍るような思いをしたのだろうな」

「そうかな……あまり、そんなふうに心を動かす人でもない気がするけど」

驚いたり、悲しんだりするサグーダの姿を、リナルはうまく想像できなかった。怒ることや傷つくこともないように思える。

「俺があの男に感謝などする筋合いはないし、同情をするつもりもないが……」

当然、見逃してくれた感謝の心などイトゥリがサグーダに抱く必要はないとリナルも思うが、同情というのが、よくわからない。

眉を顰めて考え込んでいたら、その眉間に唇をつけられた。

そのままイトゥリがリナルの体を抱え、藁《わら》の上に座り直す。

「朝になったらここを出て、もっといい宿に移ろう。死んだ英雄リナルは表に出られはしないだろうが、もう追われる身ではなくなったようだ」

「……うん」

少しでもヴィクセル伯爵家のものだとわかるのは、サグーダに渡した短剣くらいのものだ。

王都から離れれば、リナルの顔を知る者はいない。

(帰れるんだ。イトゥリの国に)

あの地下牢で出会った最初の時、帰りたいと切望していたイトゥリの声を思い出してリナルは喉が詰まった。

「もう隠れながら進まなくていいんだ。早く海を越えられる方法を探そう」

一刻も早くアルヴィドの地に戻りたいだろうと思って、イトゥリに告げる。

だがイトゥリは笑って首を振った。

「リナルの体の方が大事だ。ゆっくりでいい」

「でも」

「リナルのいるところが俺のいるべきところだと思っているから」

今度は頬にイトゥリの唇が下りてくる。

唇にも触れられ、リナルはどうして自分が今どうしようもなく眠たいのかと悔しくなった。

魔力の枯渇と極度の緊張から解放された両方のせいだろう。

「外の気配が全部消えたら、部屋に運ぶ。眠っていて大丈夫」

ここでイトゥリと一緒に夜明かししたかったのに。

そう告げる間もなく、リナルは温かい腕の中で眠り込んでしまった。

◇◇◇

リナル・ヴィクセルの死は、英雄の名を轟かせた時と同じくらいの速さで帝国中を駆けめぐった。

サグーダは英雄の死を利用して、国民の異国への敵意と戦意を盛り上げているようで、リナルたちはなるべくその噂を耳に入れないよう旅路を進んだ。

宿を渡り歩く間、小金持ちの道楽息子とその奴僕という関係を疑う者もなく、勿論リナルが英雄その人であるという事実が暴かれることもなく、少しずつアルヴィドへと近づいていく。

やはり冬が過ぎるのを待たなければならなかったが、イトゥリは焦る様子もなく、リナルとの旅暮らしを楽しんでいるふうに見えた。

リナルは言うまでもなくだ。

雪深い静かな寒村で家——小屋と呼んだ方が相応しいほどの広さだったが——を一軒借り受け、冬を越した。イトゥリが雪兎《ゆきうさぎ》や鹿を狩り、リナルはその調理方法を習ったり、家の修繕をしたり、まったく慣れない縫い物をして部屋を飾ったりと、ひどく穏やかな時間を過ごした。

降り続けた雪がようやく止み、村を後にする時は、名残惜しさに胸が苦しくなるほどだった。

それでもイトゥリをアルヴィドに連れて行ける喜びの方が強く、未練はすぐに断ち切れたが。

あまり本数のない船に乗り込むまでと、乗った後の船酔いには相当苦しめられはしたものの、すべてが順調と言っていい日々だった。

◇◇◇

王宮の館を出てから半年以上が過ぎ、ようやく、リナルと共にイトゥリが故郷の地を踏んだ。

アルヴィドは本当に小さな国だったらしく、山間《やまあい》の緑豊かな平地に岩場を利用した城が建てられ、その周囲に街が続き、そして幕壁に囲まれたそのすべてが帝国軍に蹂躙された跡を野ざらしにしていた。

「――誰の亡骸《なきがら》すら残らなかったか」

覚悟していた様子で、イトゥリは街の様子を眺めても、悲しむ顔はしていなかった。

街の中央を広い石畳の道が長く敷かれ、王宮へと続いている。石畳は崩れていたし、様々な建物の残骸が転がっていたが、殺された人間の名残はなかった。

「獣に喰われたんだろう。自然に帰れたのならよかった」

リナルは何も言えず、ただずっと隣でイトゥリの手を握っていた。

「もう少し奥地に行くと、城塞の中での暮らしを拒んだ者たちの遊牧地がある。少しでも落ち延びた者が残っているかもしれない、行ってみよう。また少し険しい道になるけど」

「慣れたよ、船に揺られるよりましだ」

　船を下りてから、時々は魔術に頼りつつも、馬車や馬でも通れない山道や森を、自分の足でいくつも越えてきた。運動なんてろくにしてこなかった自分の怠惰を恨んだりもしたが、今では結構体力もついたと思う。

　イトゥリが一緒なら、野宿も苦にならなかった。狩りに慣れたイトゥリが、快適な夜の過ごし方を心得ていたおかげだろうが。

　そこから数日をかけて山を越える途中、イトゥリが川をみつけ、飲み水を汲んだり服を洗ったりするついでに、そばで休むことにした。

「水場は獣が寄り易《やす》い、気をつけて――」

　久々の清水に嬉々《きき》として駆け寄るリナルに注意しかけたイトゥリが、言葉を切ると剣の柄《つか》に手をかけた。

　川の向こう、木の陰から物音がすることにリナルも気付き、反射的に魔術を使うため身構えた。

　が、現れたのは獣ではなく、大きく目を瞠った若い女だった。

「イトゥリ……！」

叫ぶなり、女が浅瀬を駆けてこちらにやってくる。

「生きていたのね、イトゥリ！」

イトゥリは茫然と目を見開いていた。

その瞳から、見る間に涙が溢れてくるのを、リナルは間近で見た。

「姉さん」

――城塞から離れた聚落《しゅうらく》には、帝国の襲撃から逃げ延びた人たちが、イトゥリの想像よりもずっと多く暮らしていたのだ。

エピローグ

「リナル、リナル！」

元気な声に呼ばれて、薬草摘みから戻る途中だったリナルは、足を止めて振り返った。

「うん？」

「これ、薬に使える？」

やっと十歳になったばかりのルーウェイは、イトゥリの二番目の兄の子だ。まだ幼いながら、アルヴィドでは立派な働き手として、朝から晩まで聚落の中を駆け回っている。

「――いや。でも、匂いはいいし、綺麗だから、病気の人がいたら気分がよくなるかな」

「なぁんだ」

がっかりした声音の割に、ルーウェイの口許が妙に持ち上がっている。

「じゃあオレはいらないから、リナルにあげる」

「俺に？」

「きっとリナルに似合うから」

薬草を積んだ籠の上に花を載せると、ルーウェイが身を翻し、あっという間に駆け去って行く。

あまりの素早さに呆気《あっけ》に取られてその後ろ姿を見送るリナルの横に、人影が並んだ。ルーウェイの置いていった、綺麗な青色の花を摘まみ上げている。

それに気づいて、リナルはパッと笑顔になった。

「イトゥリ」

「油断も隙もないな。子供のくせに」

眉を顰めて呟いたイトゥリは、先に行ったルーウェイを追うように山道を下ってきた彼の小さな従妹の髪に、その花を挿してしまった。ルーウェイよりも幼い女の子が、イトゥリに向け嬉しげな笑顔を残して去っていく。

多少たどたどしい走り方ではあるが、転びもせずに進む女の子の後ろ姿も眺めつつ、リナルはつくづく感心してしまう。

「アルヴィドの子は、走り出すのが早いなあ。俺の妹があの子くらいの時は、まだ乳母に抱かれてた気がする」

「のんびり成長していたら、獣に攫《さら》われるからな」

イトゥリの口調は冗談とも取れず、リナルは何となく辺りを見回した。

聚落で暮らし始めてから半年、各地に逃げ延びていたアルヴィドの民も少しずつ集まり、木と土だけで簡単に組まれた家は頑丈な石作りの家に取って代わり、獣避けの防壁が造られ、ずいぶんと街らしくなってきた。

野営地と見紛うばかりだった頃は、夜のたびに獣を警戒して火を焚《た》き、見張りを立てなければならなかったが、今は人の気配が濃くなったこともあり、以前ほどは獣の姿を見なくなりはした。

「話し合いはすんだ？」

とりあえず今は安全らしいと確認して、リナルは再び山道を下り始めながらイトゥリに訊ねた。

「結論は出なかった。城塞に戻りたい者の気持ちもわかるし、獣の巣と化したあの場所で暮らすにはまだ早いという意見もわかる」

父親である王と、本来その地位を継ぐはずだった長兄は帝国軍により殺されていたが、生き延びた人たちの中に、イトゥリのすぐ上の兄と〝賢者〟がいた。

戦いで右腕と左足の自由を失っていたイトゥリの兄が聚落の長になることを誰も反対しなかったのは、彼が幼い頃から賢者の一番弟子と言われるほどに教えを受け続けてきた聡《さと》い青年だからだろう。

今は彼が中心となり、大人たちの間で聚落について様々な話し合いが行われている。

大人といっても、リナルは例外だ。

（受け入れてもらえただけでありがたいよ）

リナルが帝国の人間だと知った人々は、最初、憎悪に駆られて口々に見せしめの処刑を望んだ。当然だと思った。帝国でのイトゥリ以上にひどい目に遭わされても不思議はない。

憤る人々を抑えたのが、イトゥリとその兄、そして賢者と呼ばれる老人だった。

すでに長となっていたイトゥリの兄よりも、人々は賢者の言葉を聞いて、怒りを収めたように見えた。

「イトゥリは、聚落《ここ》に残った方がいいと思ってるんだよな」

訊ねたリナルに、イトゥリが頷く。

「ここの方が狩り場も水場も近いし、ある程度民が増えるまでは移動しない方が安全だ。城塞の井戸は当分使い物にならない」

「……」

帝国軍が、水源に腐肉や毒を撒《ま》いたのだ。その水を飲んで死んだ獣がさらに水を濁らせている。毒は長い時間残るものだ。

（……俺が浄めれば、すぐに使えるようになるだろうけど）

イトゥリとも話し合い、リナルはこの聚落で、極力魔術を使わないことに決めた。

アルヴィドにも細いながらも地脈があったから、そう大掛かりな魔術でなければ、問題なく使えたのだが。

『リナルの力を知った者は、きっとリナルを利用しようとする』

リナル自身のためにも、アルヴィドの民のためにも、それを避けたいとイトゥリが言った。

『アルヴィドの民は善良だと信じているが、そうあれたのは、魔術というあまりに便利で、あまりに危険なものを知らなかったせいなのかもしれない』

リナルも同じ気持ちだった。

イトゥリの故郷に、帝国と同じ轍《てつ》を踏ませるわけにはいかない。

「リナルには歯がゆいだろうな。すまない」

井戸を使えるようにするばかりでなく、魔術があれば、川から水を汲み上げるために何度も大甕《おおがめ》をかついで聚落と行き来する必要もなくなる。

子供たちまでが働き手になって、必死に毎日それを繰り返している姿を見ていると、たしかにもどかしさは感じたものの。

「無能のふりをするのは慣れてるよ。俺がせめて、もう少し力仕事の役に立てればよかったとは思うけど……」

何しろアルヴィドの男、いや女性と比べても、リナルはひ弱だった。

だが魔術で手助けしたいと思う場面はそれほどない。アルヴィドの人たちは、力と智慧《ちえ》で、土地を開拓するために大岩を退《ど》かし、土を運ぶことができるのだ。

「医術だけで充分役立っている。俺たちは基本的に、怪我も病気も女神様に祈るのが一番だったから」

祈禱師《きとうし》と呼ばれていた者が、アルヴィドでの治療者のような役割を果たしていた。軽い怪我や病であれば痛み止めや熱冷ましになる薬草で凌《しの》ぎ、篤い病や命に関わるような怪我は、女神に回復を祈る。

だがその祈禱師は元々数が多くなく、帝国のせいで一人残らず死んでしまった。

リナルは自分が治療者としても無能を装っていたから、魔術学校の単位のために薬学には詳しかったし、魔術に頼らない治療法もそこそこ知っていた。

最初はよそよそしかった聚落の人々も、リナルが子供たちが次々高熱で倒れた時に治療を試みて以来、随分態度が軟化した気がする。

相手から治療について訊ねに来てくれることも増え、最近では祈禱師として頼られることが増えてきた。

「……このまま、俺もアルヴィドに馴染めたらいいんだけどな」

だが、帝国に受けた傷が、未《いま》だにこの土地の景色にも人々の体にも心にも、生々しく残りすぎている。

子供たちは無邪気なものだが、リナルと目を合わせない大人も多かった。

「そう時間はかからない……というよりも、馴染みすぎる方がよほど気が休まらないな」

「え?」

山道を下りて辿り着いた聚落は、小さいながらも活気に溢れている。新たな住居を造ったり、獣の皮を鞣《なめ》したり、食事の支度をしたりする人たちの間を抜けて、リナルはイトゥリと並び、二人で暮らす家へと向かって進む。

「気が休まらないって、なぜ？」

「リナルは自分の美しさに自覚がある割に、周りに与える影響には無頓着だから」

石作りの家の中に入ると、帝国で暮らしていた時とは趣が違うが、リナルにはすっかり馴染んだ暮らしやすい部屋がある。寝台やその他の家具は、手の空いた者が城塞から運んできた使えそうなものを分けてもらっている。アルヴィドでは染め物と織物の技が素晴らしく、魔術ではとても作り出せない布を見るたび、リナルはひどく感動した。冬小屋で過ごした経験も踏まえて、自分とイトゥリの暮らしのために部屋を整えるのは、とても楽しい作業だった。

薬草の籠を床に置き、その布を敷き詰めた寝椅子に腰を下ろそうとしたリナルを、イトゥリが先に座って足の間に抱え込む。

リナルは勿論遠慮なく、イトゥリに体を預けるように凭れた。

「髪も肌もすっかり焼けたし、帝国でぬくぬく暮らしていた頃より見劣りはするだろう？」

毎日のんびりと湯浴《ゆあ》みをしていた頃と違い、今は川で水浴びするのもたまのことだ。

それに不満もなく、土まみれになって薬草を摘み歩くのも、非力ながら何かしらの建築を手伝ったり、大して役に立たないと呆れられて料理を作る女性の輪に放り込まれて作物を刻んだりするのも、ただ館と図書塔を往復する生活や賭け事に興じて不味《まず》い酒を飲む夜より、はるかに楽しく、充実していた。

「帝国にいた頃は変に絡まれないように媚《こ》びたりは、まあしてたけど。ここに来てからはそんな必要もないいし」

「アルヴィドは男が相手でも婚姻できる」

リナルの以前よりは水気を失った蒼碧の髪を一房摘まみつつ、イトゥリが言う。

大人しくされるままになりながらリナルは頷いた。

「うん。だから俺は、こうして誰の目も気にすることもなくイトゥリと暮らせてるんだろ」

「ただ、王の前で行う婚姻式をする余裕がないから、正式に伴侶として認められたわけではない」

「別に、それに不満はないけど……」

「女神様に永遠の愛を誓っておきながらの不義は大罪だが、それ以前の関係ならば、殺し合いで奪うこともある」

殺し合い、といささか不穏な言葉に、リナルはひやりとした。

「ここの若い男や女がおまえとろくに目を合わせないのは、おまえの美しさに気後れしているからだ」

「え、そうかな……？」

「そうだ」

真面目な顔で、力強く、イトゥリが頷く。

「敵国の人間だから、恨まれてるんじゃなくて？」

「それがまったくないとは言わない。でも今となれば、ほとんどの者が、リナルは俺を連れ戻してくれた女神様の使いだと言っている」

「……女神様、か……」

サグーダにも神の使いだと言われたことを、リナルは複雑な気分で思い出す。

帝国は今二つに割れていると、新たに聚落に訪れた者から噂で聞いた。

皇太子だけではなくサグーダを支持する者も増え、皇帝の後継者を争う代わりに、帝国領を兄弟で分割して治めるという話が生まれているらしい。

(そこから皇太子の座を奪おうと企《たくら》んでいるのか……それとも、自分のやり方で新しい帝国を作り出そうとし始めたのか)

それはサグーダ自身に直接訊ねなければわからないし、その機会は一生訪れないだろう。

新たな戦いの火種が生まれたようにも思えるが、かといって、二度と帝国の地を踏むつもりのない自分には関わりのないことだ。

内戦が起これば確実に巻き込まれるであろう父や兄のこと、皇太子の息子に嫁いだかもしれない妹のことも、慫えたところで何もできることはない。

アルヴィドの習慣らしい朝の祈りの時間、どうしても、彼らの無事や幸せを願うことだけはやめられなかったが。

（サグーダ殿下が新しい帝国を作ろうとしてくれてるんじゃないかって、希望を持ってしまうことも）

だがそれを思うのは祈りの時だけにすると決めたのだ。

リナルはじっと自分の様子を眺めているイトゥリの視線で我に返り、微笑みを返した。

イトゥリは何も聞かず、リナルの髪を撫でながら話を続けた。

「大袈裟に祝わずとも、簡易的に婚姻式を行ってくれればいいと兄には言っているのに、祝い事は聚落を盛り立てるため派手に行いたいから、もう少し待ってほしいと言われてしまった」

「そうか、王族の結婚っていうことだもんなあ」

辛く悲しいことばかりが起きたアルヴィドで、最初の祭りにしたいと思っているのだろう。

それでこの土地の力になれるなら、リナルに異論はない。

イトゥリの方は、小さく溜息をついている。

「俺の恋人であることは伝えてあるし、俺より強い戦士はこの聚落にいないから、奪われることはないだろうけれど、子供は油断も隙もない。花を手渡すのは愛の証《あかし》だ。気軽に受け取らないでくれ」

なるほど、先刻はそれで、薬草にかこつけて花を手渡されたらしい。

「でも、子供だろう？」

「アルヴィドの男は十三を過ぎれば一人前の戦士として狩りも許される、ルーウェイもあっという間だぞ」

「そうか……イトゥリの子供の頃もこんなふうだったのかなとか思って、可愛がりすぎたらまずいのか」

「まずい。俺があいつと同い年なら、確実にリナルを奪いに来る」

「き、気をつけるよ」

あの子は亡くなったイトゥリの兄の子だ。甥《おい》と叔父で恋人を巡って殺し合いなんてさせたくない、勿論。

「――でも、そうしたら、俺だってイトゥリを他の人に奪われないために戦わなくちゃいけない時が来るかもしれないのか」

「それはないだろうな。俺がリナル以外の者を心に留めるとは、誰も思うはずがない」

断言したイトゥリに、リナルは少しむっとした。

「そんなの、俺だって同じだ。イトゥリ以外にそんな気は起きないのに」

不機嫌な表情を作るリナルの顔を覗《のぞ》き込み、イトゥリが宥《なだ》めるように頬や鼻を摘まんでくる。

リナルは怒った顔を続けられず、噴き出してしまった。

「誰かにイトゥリを巡って戦いを挑まれたら、その時は魔術を解禁してでも絶対に勝つよ」

「リナルの腕では、男は勿論、女にも子供にも敵《かな》わないだろうからな」

冗談と受け取ったイトゥリが、喉を鳴らして笑っている。

リナルは少しだけ、笑いを収めた。

「でも本当に。俺はイトゥリのためなら、たとえアルヴィドの誰にとって悪いことでも——世界の何にとって悪いことでも、きっと後先考えられずに魔術を使ってしまうだろうな」

目を伏せるリナルの頰を、今度は手の甲でイトゥリが優しく撫でる。

「たとえそうなっても、俺にそれを咎めることはできない。リナルに危険があれば、俺も何もかも壊してでも救おうとするだろうから」

「……イトゥリたちの女神さまは、そんな二人の結婚でも祝福してくれるかな」

ぽつりと呟いたリナルに、イトゥリが意外なほど明るい声で笑った。

「それは大丈夫だな。我らが女神様の教えは、家族は守れ、敵は殺せという血の気の多いものだから。——帝国に比べれば粗野だろう。蕃族と言われるのも頷けると、あの国で教えられて知っている」

初めて出会った頃のイトゥリの姿を思い出す。国を滅ぼされ、同胞を殺されたことを恨み、嘆き、すべてを殺し尽くそうとして叫んでいた。

あの姿を見た時、声を聞いた時に、リナルの心はもう、イトゥリに惹《ひ》かれていたのだろう。

今イトゥリの熱を間近で感じられることだけが、リナルの幸福だ。

ここに辿り着いたすべてに感謝すると口にしてしまうには、失われたものが多すぎたから、言葉にせずにただ思う。

何も言わないリナルの心を読み取ったように、イトゥリも黙ってリナルを抱いたままでいる。

そのまましばらく二人で穏やかな時間を楽しんでいたが、やがて業を煮やしたようなルーウェイの声が、扉を叩く音と共に聞こえた。

「リナル、薬草の煎《せん》じ方教えてくれるって言っただろ！　早く出てこいよ！」

幼さを隠す気もない急かし方に思わず笑いながら腰を浮かせるリナルの後ろで、イトゥリが訓練用の棒を手にして立ち上がった。

「先にあいつに剣の稽古をつけてやる」

イトゥリも充分に大人げない。

笑いを噛み殺しつつ、さてどちらの味方をすべきだろうと思案しながら、イトゥリに続いてリナルも家の外に向かった。

あとがき

完全なる異世界ファンタジーをキャラさんで書かせていただくのは初めてな気がします。
『魔術師リナルの嘘』お手に取っていただきありがとうございます。
タイトルはまだ本文を書く前に仮でサッと決めたんですが、最終的にこのままでいきましょうということになりました、タイトルをつけるのがとても苦手なのでありがたいです。

割とゆるっとした話を書くことが多いんですが、今回はあまり遊びのない、どちらかと言えばシリアス寄りの話になったかな〜と思います。多分リナルが思ったより真面目な性格だったからか？　ひねくれ者が好きなので、リナルもそういう感じになるかなと思っていたんですが、実際書いてみてさほどひねくれてないというかむしろまっすぐであるがゆえに生きるのが大変、という人になった気がします。これはこれで書いていてすごく楽しかったです。

イトゥリがちょっと書くのが難しくて、何しろリナルと出会った状況が状況だし、言葉が通じないし、通じるようになっても朴訥《ぼくとつ》な感じになってしまうしで、本来の性格とは若干印象が変わってしまうのは避けられず…もうちょっと喋《しゃべ》るし結構笑うし冗談も言います。もちろん芯の所はブレないので、リナルが惹《ひ》かれた部分は変わらず、でも「あっ、こんなアホみたいな冗談言うんだ！　好き！」ってますます好きになることでしょう。

そして今後リナルはいろんな子供たちの初恋の人になっていくんだろうなと思っております。「リナルは弱そうだから俺が力仕事やってやるよ！」って言ってくれるけど「まあ魔術使えばそれくらい全然いけるけどなあ」と思いつつ、「でもここの子供たちは本当に優しいし力があるし、さすがイトゥリの国だな」ってニコニコしてる姿をイトゥリが苦笑いしつつ見ている。のような幸せなこれからです。


大変すばらしいイラストを八千代《やちよ》ハルさんに書いていただきました。本当に、本当に、ありがとうございます。リナルは美しいしイトゥリはかっこいいしサグーダまでかっこいい…。

今回私が体調を崩しまくっていつも以上にひどいスケジュールになってしまい、諸々迷惑をおかけしてしまいまして、大変申し訳ありません。無事発行できそうでよかったです。

ヒィヒィ言いながらもとても楽しく大事に書きましたので、読んでくださった皆様にも、お話なりキャラクターなりシーンなり台詞なり、少しでもおもしろいと思っていただける部分があるといいなと思います。ぜひご感想をお聞かせいただけると嬉《うれ》しいです。

それでは、また別の本でもお会いできますように！

渡海奈穂《わたるみなほ》

この本を読んでのご意見、ご感想を編集部までお寄せください。

《あて先》〒141-8202 東京都品川区上大崎3-1-1 徳間書店 キャラ編集部気付
「魔術師リナルの嘘」係

【読者アンケートフォーム】

QRコードより作品の感想・アンケートをお送り頂けます。

Chara公式サイト http://www.chara-info.net/

■初出一覧
魔術師リナルの嘘……書き下ろし

Chara

魔術師リナルの嘘

2024年5月31日　初刷

著者　渡海奈穂
発行者　松下俊也
発行所　株式会社徳間書店
〒141-8202　東京都品川区上大崎3-1-1
電話　049-293-5521（販売部）
03-5403-4348（編集部）
振替　00140-0-44392

キャラ文庫

印刷・製本　株式会社広済堂ネクスト
カバー・口絵
デザイン　百足屋ユウコ＋タドコロユイ（ムシカゴグラフィクス）

ISBN978-4-19-901131-3

渡海奈穂の本

好評発売中

「死神と心中屋」

イラスト◆兼守美行

誰もが匙を投げる質の悪い悪霊も、たった一晩で成仏させてしまう——霊を抱きしめて眠ることで除霊する、異端の霊能力者・伏原《ふしはら》。厄介な案件に限って現れるのは、現場から遺品を収集する古物商の吉岡《よしおか》だ。「死人なんかと寝ないで、僕にしときなよ」と会うたび口説いてきて…!? 霊を誘惑して成仏させる「心中屋」と、現場で必ず死人が出る「死神」——災厄級のコンビが挑む、前代未聞の悪霊退治!!

渡海奈穂の本

好評発売中

［山神さまのお世話係］

イラスト✦小椋ムク

丈の短い白い着物を身に纏い、大泣きすれば嵐が吹き荒れる——迷子だと思って声をかけた子供は、なんと山神様だった⁉　田舎町に引っ越して早々、晄太《こうた》に懐かれてしまった秋《あき》。そこへ現れたのは、山守《やまもり》の一族の青年・勇吹《いぶき》。「余所者には晄太様の姿が見えないはずなのに一体なぜ？」不本意そうな勇吹をよそに、晄太は秋から離れようとしない。仕方なく連れ帰り、勇吹と一緒に面倒を見ることに⁉